LES PETITS ENFANTS DU SIÈCLE

Christiane Rochefort est née à Paris dans un quartier populaire (XIVᵉ), a eu peu d'aventures remarquables sous l'aspect pittoresque qui font généralement la matière des biographies, car elle a employé presque tout son temps à s'amuser, c'est-à-dire à peindre, dessiner, sculpter, faire de la musique, des études désordonnées entre la médecine, psychiatrie, et la Sorbonne (une erreur) (n'a même pas essayé de préparer l'agrégation), à écrire pour sa propre joie, et pendant le temps qui restait à essayer de gagner sa vie pour survivre. Elle a travaillé avec des gens pénibles, bureaux, journalisme, festival de Cannes (jusqu'en 1968 et a été renvoyée pour sa liberté de pensée), et par contre, à la Cinémathèque pour Henri Langlois.
A publié : Le Repos du Guerrier, 1958, livre qui, on ne sait pas du tout pourquoi, a provoqué un scandale; Les Petits Enfants du siècle, 1961, sur l'urbanisme moderne; Les Stances à Sophie, portrait d'un petit technocrate médiocre qui ne le sait pas (le Parisien type automobile); Une Rose pour Morrison, 1966, exercice de style sur des événements à venir. Traductions : de l'anglais, En Flagrant Délire de John Lennon avec Rachel Mizrahi; de l'hébreu, Le Cheval Fini, de Amos Kenan.

Quand on survole Paris la nuit, on a la vision de myriades de lumières qui scintillent comme un gigantesque essaim de lucioles; puis on distingue à la périphérie les silhouettes des grands ensembles avec leurs tours pareilles à des balises aux feux multiples dominant les immeubles « en barre » qui prennent, dans l'océan de l'ombre, des allures d'écueils couverts de plancton phosphorescent : c'est féerique.

Avec le jour, la magie se dissipe dans la grisaille du béton dont sont faits les cubes et les gratte-ciel des cités neuves qui ne ressemblent plus qu'à des boîtes à chaussures ou à des clapiers, s'il faut en croire l'appréciation générale.

Le fait est que ces modèles d'architecture moderne grouillent comme des rabouillères. Le pourquoi et le comment de la chose, Christiane Rochefort l'explique par le truchement de Josyane, fille aînée de la famille Rouvier, heureuse locataire d'un des blocs bâtis du côté d'Avron et de Bagnolet.

Cette sœur de Gavroche n'a ni les yeux ni la langue dans sa poche : pas un rapport de sociologue ou de statisticien ne donnerait sur *Les Petits Enfants du siècle* une idée aussi vivante que cette chronique acidulée qui déclenche le rire en même temps que la réflexion.

CHRISTIANE ROCHEFORT

Les petits enfants du siècle

La vraie vie est absente.

RIMBAUD.

GRASSET

I

Je suis née des Allocations et d'un jour férié dont la matinée s'étirait, bienheureuse, au son de « Je t'aime Tu m'aimes » joué à la trompette douce. C'était le début de l'hiver, il faisait bon dans le lit, rien ne pressait.

A la mi-juillet, mes parents se présentèrent à l'hôpital. Ma mère avait les douleurs. On l'examina, et on lui dit que ce n'était pas encore le moment. Ma mère insista qu'elle avait les douleurs. Il s'en fallait de quinze bons jours, dit l'infirmière; qu'elle resserre sa gaine.

Mais est-ce qu'on ne pourrait pas déclarer tout de même la naissance maintenant ? demanda mon père. Et on déclarerait quoi ? dit l'infirmière : une fille, un garçon, ou un veau ? Nous fûmes renvoyés sèchement.

Zut dit mon père c'est pas de veine, à quinze jours on loupe la prime. Il regarda le ventre de sa femme avec rancœur. On n'y pouvait rien.

On rentra en métro. Il y avait des bals, mais on ne pouvait pas danser.

Je naquis le 2 août. C'était ma date correcte, puisque je résultais du pont de la Toussaint. Mais l'impression demeura, que j'étais lambine. En plus j'avais fait louper les vacances, en retenant mes parents à Paris pendant la fermeture de l'usine. Je ne faisais pas les choses comme il faut.

J'étais pourtant, dans l'ensemble, en avance : Patrick avait à peine pris ma place dans mon berceau que je me montrais capable, en m'accrochant, de quitter la pièce dès qu'il se mettait à brailler. Au fond je peux bien dire que c'est Patrick qui m'a appris à marcher.

Quand les jumeaux, après avoir été longtemps égarés dans divers hôpitaux, nous furent finalement rendus — du moins on pouvait supposer que c'était bien eux, en tout cas c'était des jumeaux — je m'habillais déjà toute seule et je savais hisser sur la table les couverts, le sel, le pain et le tube de moutarde, reconnaître les serviettes dans les ronds.

« Et vivement que tu grandisses, disait ma mère, que tu puisses m'aider un peu. »

Elle était déjà patraque quand je la connus; elle avait une descente d'organes; elle ne pouvait pas aller à l'usine plus d'une semaine de suite, car elle travaillait debout; après la naissance de Chantal elle s'arrêta complète-

ment, d'ailleurs on n'avait plus avantage, avec
le salaire unique, et surtout pour ce qu'elle
gagnait, sans parler des complications avec la
Sécurité à chaque Arrêt de Travail, et ce qu'elle
allait avoir sur le dos à la maison avec cinq tout
petits enfants à s'occuper, ils calculèrent qu'en
fin de compte ça ne valait pas la peine, du
moins si le bébé vivait.

A ce moment-là je pouvais déjà rendre pas
mal de services, aller au pain, pousser les
jumeaux dans leur double landau, le long des
blocs, pour qu'ils prennent l'air, et avoir l'œil
sur Patrick, qui était en avance lui aussi,
malheureusement. Il n'avait pas trois ans quand
il mit un chaton dans la machine à laver; cette
fois-là tout de même papa lui en fila une
bonne : la machine n'était même pas finie de
payer.

Chantal finalement survécut, grâce à des
soins si extraordinaires que la mère en demeura
à jamais émerveillée, et ne se lassait pas de
raconter l'histoire aux autres bonnes femmes,
et comment elle avait poussé un cri en voyant
sa petite fille toute nue au milieu des blocs de
glace, et que le médecin lui avait dit qu'il n'y
avait pas d'autre moyen de la sauver, et en effet.
A cause de cela, elle avait une sorte de préférence pour Chantal, autant qu'on pouvait parler
de préférence avec elle; mais enfin elle s'en
occupait complètement, tandis que les autres

étaient pour moi, y compris par la suite Catherine, même lorsqu'elle était encore un tout
petit bébé.

Je commençais à aller à l'école. Le matin
je faisais déjeuner les garçons, je les emmenais
à la maternelle, et j'allais à mon école. Le midi,
on restait à la cantine. J'aimais la cantine, on
s'assoit et les assiettes arrivent toutes remplies;
c'est toujours bon ce qu'il y a dans des assiettes
qui arrivent toutes remplies; les autres filles en
général n'aimaient pas la cantine, elles trouvaient que c'était mauvais; je me demande ce
qu'elles avaient à la maison; quand je les ques-
tionnais, c'était pourtant la même chose que
chez nous, de la même marque, et venant des
mêmes boutiques, sauf la moutarde, que papa
rapportait directement de l'usine; nous on
mettait de la moutarde dans tout.

Le soir, je ramenais les garçons et je les
laissais dans la cour, à jouer avec les autres.
Je montais prendre les sous et je redescendais
aux commissions. Maman faisait le dîner, papa
rentrait et ouvrait la télé, on mangeait, papa
et les garçons regardaient la télé, maman et
moi on faisait la vaisselle, et ils allaient se
coucher. Moi, je restais dans la cuisine, à faire
mes devoirs.

Maintenant, notre appartement était bien.
Avant, on habitait dans le treizième, une sale
chambre avec l'eau sur le palier. Quand le

coin avait été démoli, on nous avait mis ici; on était prioritaires; dans cette Cité les familles nombreuses étaient prioritaires. On avait reçu le nombre de pièces auquel nous avions droit selon le nombre d'enfants. Les parents avaient une chambre, les garçons une autre, je couchais avec les bébés dans la troisième; on avait une salle d'eau, la machine à laver était arrivée quand les jumeaux étaient nés, et une cuisine-séjour où on mangeait; c'est dans la cuisine, où était la table, que je faisais mes devoirs. C'était mon bon moment : quel bonheur quand ils étaient tous garés, et que je me retrouvais seule dans la nuit et le silence ! Le jour je n'entendais pas le bruit, je ne faisais pas attention; mais le soir j'entendais le silence. Le silence commençait à dix heures : les radios se taisaient, les piaillements, les voix, les tintements de vaisselles; une à une, les fenêtres s'éteignaient. A dix heures et demie c'était fini. Plus rien. Le désert. J'étais seule. Ah ! comme c'était calme et paisible autour, les gens endormis, les fenêtres noires, sauf une ou deux derrière lesquelles quelqu'un veillait comme moi, seul, tranquille, jouissant de sa paix! Je me suis mise à aimer mes devoirs peu à peu. A travers le mur, le grand ronflement du père, signifiant qu'il n'y avait rien à craindre pour un bon bout de temps; parfois un bruit du côté des bébés : Chantal qui étouffait, couchée sur le ventre;

Catherine qui avait un cauchemar; je n'avais qu'à les bouger un peu et c'était fini, tout rentrait dans l'ordre, je pouvais retourner.

Tout le monde disait que j'aimais beaucoup mes frères et sœurs, que j'étais une vraie petite maman. Les bonnes femmes me voyaient passer, poussant Catherine, tirant Chantal, battant le rappel des garçons, et elles disaient à ma mère que j'étais « une vraie petite maman ». En disant ça elles se penchaient vers moi avec une figure molle comme si elles allaient se mettre à couler, et je me reculais pour me garer. Les bonnes femmes étaient pleines de maladies, dont elles n'arrêtaient pas de parler avec les détails, spécialement dans le ventre, et tous les gens qu'elles connaissaient étaient également malades.

La plupart avaient des tumeurs, et on se demandait toujours si c'était cancéreux ou pas, quand c'était cancéreux ils mouraient, et on donnait pour la couronne. Maman n'avait pas de tumeur, elle avait de l'albumine et avec sa grossesse il fallait qu'elle mange absolument sans sel, ce qui compliquait encore tout, parce qu'on faisait deux cuisines.

Quand le bébé mourut en naissant, je crois que je n'eus pas de véritable chagrin. Cela nous fit seulement tout drôle de la voir revenir à la maison sans rien cette fois-là. Elle non plus ne s'y habituait pas, elle tournait sans savoir quoi faire, pendant que le travail autour s'accumulait. Puis elle s'y remit petit à petit, et nous avons tous fini par oublier le pauvre bébé.

Chantal alors marchait et commençait à parler, elle tirait sur la robe de ma mère et n'arrêtait pas de répéter : où ti fère, où ti fère ? On le lui avait promis. Ah ! laisse-moi donc tranquille, répondait la mère comme toujours, tu me fatigues ! Donne ton nez que je te mouche. Souffle. Chantal était enrhumée : l'hiver, elle n'était qu'un rhume, d'un bout à l'autre, avec de temps en temps pour varier une bronchite ou une sinusite. Cette année-là les jumeaux avaient la coqueluche.

Pour faire tenir Chantal tranquille, je lui dis que le Petit Frère n'avait pas pu venir, il n'y avait pas assez de choux, mais il viendrait sûrement la prochaine.

« Parle pas de malheur, dit ma mère, j'ai assez de tracas avec vous autres ! »

Le vendeur vint reprendre la télé, parce qu'on n'avait pas pu payer les traites. Maman eut beau expliquer que c'est parce que le bébé était mort, et que ce n'était tout de même pas sa faute s'il n'avait pas vécu, et avec la santé qu'elle avait ce n'était déjà pas si drôle, et si en plus elle ne pouvait même pas avoir la télé, le truc fut bel et bien embarqué, et par-dessus le marché quand papa rentra il se mit à gueuler qu'elle se soit laissé faire, ces salauds-là dit-il viennent vous supplier de prendre leur bazar, ils disent qu'ils vous en font cadeau pour ainsi dire et au moindre retard ils rappliquent le récupérer; s'il avait été là lui le père le truc y serait encore.

« Tiens avec ça que t'es plus malin que les autres, lui dit-elle, y a qu'à voir la vie qu'on a », et là-dessus ils partirent à se reprocher tout depuis le début.

C'était une mauvaise passe. Ils comptaient le moindre sou.

Je sais pas comment tu t'arranges disait le père, je sais vraiment pas comment tu t'arranges, et la mère disait que s'il n'y avait pas le PMU elle s'arrangerait sûrement mieux. Le père disait que le PMU ne coûtait rien l'un dans l'autre avec les gains et les pertes qui s'équilibraient et d'ailleurs il jouait seulement de temps en temps et s'il n'avait pas ce petit plaisir alors qu'est-ce qu'il aurait, la vie n'est pas déjà si drôle. Et moi qu'est-ce que j'ai disait la mère, moi j'ai rien du tout, pas la plus petite distraction dans cette vacherie d'existence toujours à travailler du matin au soir pour que Monsieur trouve tout prêt en rentrant se mettre les pieds sous la table, Merde disait Monsieur c'est bien le moins après avoir fait le con toute la journée à remplir des tubes d'une cochonne-rie de moutarde et arriver crevé après une heure et demie de transport si encore il avait une bagnole ça le détendrait un peu, Ah! c'est bien le moment de penser à une bagnole, partait la mère, ah! c'est bien le moment oui! quand on n'arrive même pas à ravoir la télé et Patrick qui n'a plus de chaussures avec ses pieds qui n'arrêtent pas de grandir, C'est pas de ma faute dit Patrick, Toi tais-toi dit le père ça ne te regarde pas, Mais j'ai mal aux pieds dit Patrick, Tu vas te taire, oui? Le soir on ne savait pas quoi foutre sans télé, toutes les occasions étaient bonnes pour des prises de bec. Le père prolongeait l'apéro, la mère l'engueulait, il répondait que pour ce que c'était marrant de rentrer pour entendre que des récriminations il n'était pas pressé et ça recommençait. Les petits braillaient, on attrapait des baffes perdues.

J'ai horreur des scènes. Le bruit que ça fait, le temps que ça prend. Je bouillais intérieurement, attendant qu'ils se fatiguent, qu'ils se rentrent dans leurs draps, et que je reste seule dans ma cuisine, en paix.

*

Un jour, une dame vint à la maison, et demanda si les enfants allaient au catéchisme. C'était un jeudi, après le déjeuner, j'habillais les petites pour les sortir. Maman repassait; la dame expliquait les avantages qu'elle aurait à envoyer les enfants au catéchisme; maman n'avait pas d'avis; si Patrick était aux louveteaux, dit la dame, il irait en sorties le jeudi et le dimanche. Maman débrancha le fer; elle demanda si les jumeaux étaient assez grands aussi, pour ces sorties du jeudi et du dimanche. Par contre, de moi elle avait besoin. La dame expliqua que le patronage n'était pas obligé, il suffisait que j'aille au catéchisme une heure par semaine, après la classe. Ma mère ne savait pas, il faudrait qu'elle demande au père. Je finissais de boutonner le manteau de Chantal. Je dis : « Moi je voudrais y aller au catéchisme. »

Ma mère me regarda étonnée. La dame me fit un tel sourire que je faillis regretter. Elle ressemblait à un fromage blanc.

On ne trouva rien contre. « Bah ! comme ça ce sera fait », dit ma mère.

Le lundi, en sortant de l'école, je prenais à gauche au lieu d'à droite, et je rentrais une heure et demie plus tard à la maison, quand tout était prêt. Ça valait la peine.

La maîtresse ouvrit le livre, et dit :

« Qu'est-ce que Dieu ? Dieu est un pur esprit, infiniment parfait. »

Jamais de toute ma vie je n'avais entendu un truc aussi extraordinaire. Dieu est un pur esprit infiniment parfait. Qu'est-ce que ça

pouvait être ? Je restais la bouche ouverte.
J'avais perdu le fil de la suite. Je me réveillai
en entendant la maîtresse qui demandait, plus
fort, en nous regardant d'un air sévère :

« Qu'est-ce que Dieu ?

— Dieu est un pur esprit infiniment parfait », répondirent les autres tranquillement. Je
n'avais pas pu répondre avec elles, je ne comprenais pas la phrase, pas un seul mot. Ça
commençait mal.

La leçon s'acheva. Je ne l'avais pratiquement
pas entendue. Je me levai comme tout le
monde, je marchai jusqu'à la maison, j'étais
préoccupée.

Je ne sais pas ce qui s'est passé ce soir-là à
la maison, qui a gueulé et sur qui, ce qu'on a
mangé, et où est passée la vaisselle. Je retournais la phrase dans tous les sens, cherchant par
quel bout la prendre; et je n'y arrivais pas.
Blanc, lisse et fermé comme un œuf, le Pur
Esprit Infiniment Parfait restait là dans ma
tête, je m'endormis avec sans avoir pu le casser.

Mlle Garret ne pondait pas un œuf toutes
les semaines. En général c'étaient, sauf l'histoire
sainte qui était plus jolie que l'histoire non
sainte, et, d'abord, sans dates, des explications
assommantes et compliquées, comme « s'il faut
un ouvrier pour construire une maison, il a
bien fallu un Dieu pour créer le ciel et la
terre. » Je ne voyais vraiment pas pourquoi par

exemple, et j'eus une histoire avec Mlle Garret,
qui ne comprenait pas pourquoi je ne comprenais pas, et me dit que je « raisonnais ».
C'était bizarre comme discussion, ce n'était
pas moi qui raisonnais, mais eux avec leur
ouvrier. Mais quand les gens se butent il n'y a
rien à faire. Elle me dit que je n'avais pas à
chercher à comprendre, mais à savoir par cœur,
c'était tout ce qu'on me demandait. Mais moi
je ne peux pas réciter par cœur un truc que
je ne comprends pas, c'est comme si j'essayais
d'avaler un tampon jex. Je m'embêtais, Mlle
Garret disait que je faisais « l'esprit fort », et
si ce n'avait pas été la promenade toute seule
pour rentrer, j'aurais laissé tomber, lorsque,
un jour, Mlle Garret nous dit :

« L'homme est composé d'un corps et d'une
âme. »

Mystère. A nouveau le truc se déclencha. Je
laissai les autres voguer dans les explications
de détail, et je contemplai mon second œuf ; il
avait l'air plus simple que le premier, en tout
cas pour la grammaire. C'était le sens qui ne
l'était pas. L'homme est composé d'un corps et
d'une âme. Et moi ?

« Josyane ? eh bien, Josyane, tu rêves ?

— Est-ce que tout le monde a une âme ?

— Bien sûr », dit Mlle Garret avec un léger
haussement d'épaules. J'aurais bien posé d'autres questions mais Mlle Garret n'aimait pas

ça, elle s'énervait tout de suite. J'emportai mon second œuf. J'avais donc une âme, comme tout le monde, Mlle Garret avait été formelle. En un sens, bien que ne sachant pas trop au juste ce que c'était, ça ne m'étonnait pas tellement.

Les jours de catéchisme, Ethel Lefranc, qui n'y allait pas, ramenait Chantal de la maternelle en même temps que son petit frère; les garçons se débrouillaient maintenant, je n'avais qu'à les ramasser dans le terrain en passant.

Il faisait nuit. Presque toutes les fenêtres des grands blocs neufs, de l'autre côté de l'Avenue, étaient éclairées. Les blocs neufs étaient de plus en plus habités. Un bloc fini, et hop on le remplissait.

Je les avais vu construire. Maintenant ils étaient presque pleins. Longs, hauts, posés sur la plaine, ils faisaient penser à des bateaux. Le vent soufflait sur le plateau, entre les maisons. J'aimais traverser par là. C'était grand, et beau; et terrible. Quand je passais tout près, je croyais qu'ils allaient me tomber dessus. Tout le monde avait l'air minuscule, et même les blocs de notre Cité auprès de ceux-là ressemblaient à des cubes à jouer. Les gens grouillaient comme des petites bêtes sous les lampadaires. Des voix, des radios, sortaient des maisons, je voyais j'entendais tout, il me semblait que j'étais très loin et j'avais un peu mal au cœur, ou peut-être que c'était justement à l'âme. Je récupérai les gosses. Je rentrai.

« Va vite au lait dit ma mère, je n'ai pas eu le temps Chantal a encore la fièvre ah ! celle-là quand elle aura pas quelque chose. Prends les sous sur le buffet. Sors les ordures en même temps, et tu prendras du râpé, et le pain, tu penseras à rentrer la poussette en revenant, et regarde le courrier par la même occasion, dépêche-toi, ton père va arriver tu devrais déjà être revenue. »

Si Mlle Garret avait dit vrai elle avait une âme elle aussi, je lui aurais bien demandé mais la mère entra à l'hôpital et je laissai tomber le catéchisme pour un temps et ensuite ça m'était sorti de l'idée. Nicolas naquit en février, avant sa date.

Un moment j'avais cru que c'était fini. Elle était tellement patraque depuis le bébé mort, et peut-être qu'on lui avait tout enlevé par la même occasion, depuis le temps qu'elle en parlait de se faire tout enlever. Tout le monde grandissait, même Catherine malgré son retard arrivait à se boutonner toute seule, je voyais venir le jour où ils seraient tous débrouillés, où je n'aurais plus rien à foutre; et tout repartait à zéro.

Grâce à Nicolas on pourrait faire réviser la machine à laver et ça c'était une bonne chose parce qu'autrement les couches, et j'en avais marre des couches, marre, marre, marre. On

pourrait ravoir la télé, ce qui m'arrangeait aussi
parce que, quand elle était là, on avait bien
plus la paix. Après ça, avec de la veine, on
pourrait peut-être penser à la bagnole. C'était
ça qu'ils visaient maintenant, plutôt que le
frigo, la mère aurait voulu un frigo mais le
père disait que c'était bien son tour d'avoir
du bien-être, pas toujours celui de sa femme,
et avec la fatigue pour venir d'une banlieue à
une autre il commençait à en avoir plein le dos.
La mère pouvait bien aller au marché tous
les jours, d'ailleurs c'était moi qui y allais ils
n'avaient pas l'air d'y penser. Ils calculèrent
tout un soir pour cette histoire de bagnole, s'il
y avait moyen, avec les Trente-Trois pour Cent,
de l'avoir, en grattant ici et là et compte tenu
de la télé en moins et de l'Impôt cédulaire en
plus et si la mère pouvait rabioter avec quelques
ménages dans les limites du Salaire unique,
l'assistante avait donné tous les chiffres; ce qui
foutait tout par terre c'est si on devait acheter
un nouveau lit pour Catherine si Nicolas allait
dans le berceau, un lit c'est cher. Ils avaient
étalé des papiers sur ma table, me gênant; ils
me gâtèrent toute ma soirée, heureusement que
ça n'arrivait pas tous les jours.

Finalement avec l'oncle Georges, qui brico-
lait, pas comme papa qui ne savait rien faire de
ses dix doigts, on monta un petit lit par-dessus
celui de Chantal, qui grimperait d'un étage,

tandis que Catherine, quittant le lit du bébé, s'installerait au rez-de-chaussée, et qu'est-ce qu'on ferait après, le plafond ne serait jamais assez haut si on continuait. Comme ça il n'y avait plus que la paillasse à acheter.

Maman voulait qu'on laisse Chantal en bas, dans son ancien lit : « Elle est si fragile. » Des fois qu'elle se casse en tombant. Mais Catherine était encore bien petite, et bête comme elle était elle était capable de plonger et de se faire sauter le crâne.

Catherine refusa de quitter son ancien lit. Elle s'y accrochait et quand je la tirais le lit venait avec. Ses piaillements emplissaient la baraque. On était trois après elle. Patrick, que l'odeur du sang attirait, arbitrait le combat : « Vas-y Cathy, mets-leur z'en ! Te laisse pas faire ! » Papa, énervé à force, lui fila une beigne, ce qui le fit comme d'habitude rigoler. « Qu'est-ce qu'on peut faire de lui, mais qu'est-ce qu'on peut faire de lui ! gémissait la mère, mon dieu mais qu'est-ce qu'on peut en faire je me demande, qu'est-ce qu'on peut faire de lui qu'est-ce qu'on peut faire, mais qu'est-ce qu'on peut faire de ce gosse-là mais qu'est-ce qu'on pourrait bien en faire mon dieu ! »

Kss kss, disait Patrick, et Catherine enthousiasmée nous bourrait de coups de pieds et nous mordait. Les voisins tapaient dans le mur, il était dix heures.

Le combat se termina par la victoire de Catherine. Puisque de toute façon Nicolas était en couveuse pour encore trois semaines, pourquoi lutter déjà. La seconde mi-temps se jouerait à son arrivée, et peut-être qu'entre-temps il mourrait, ce qui réglerait tout. On était tous épuisés. Seuls les jumeaux n'avaient pas participé, ils ne se mêlaient pas de nos histoires; dans leur lit, ils dormaient, tendrement enlacés.

Je récupérai ma cuisine et ouvris mon cahier. Un instant j'entendis la mère se plaindre à côté : Oh ! là ! là ! ce que je suis fatiguée, oh ! là ! là ! ce que je peux être fatiguée ils me feront mourir; ils me feront mourir ces gosses, je suis rendue oh ! là ! là ! mon dieu ce que je peux être fatiguée c'est rien de le dire oh ! là ! là ! mon dieu que je suis fatiguée. Le ronflement du père s'élevait déjà dans la nuit profonde. Le sommier grinça, elle rentrait au lit. Soupir. Silence. Soulagement. Paix.

« Le mouchoir que tu m'as donné quand j'ai eu la croix est blanc. Le mouchoir — que tu m'as donné — quand j'ai eu la croix — est blanc.

« Le mouchoir est blanc », proposition principale;

« Le », article défini;

« Mouchoir », nom commun masculin singulier, sujet de « est »;

« Est », verbe être, 3ᵉ personne du singulier, présent de l'indicatif;

« Blanc », adjectif masculin singulier; attribut de « mouchoir »;

« Que tu m'as donné », proposition subordonnée, complément de « mouchoir »;

« Que », conjonction de subordination;

« Tu », pronom personnel, 2ᵉ personne du singulier, sujet de « as donné »;

« m' », pronom personnel, 1ʳᵉ personne du singulier, complément indirect de « as donné ».

Plus un devoir était long, plus j'étais contente. La plume grattait, dans le silence. J'aimais ça. J'aimais la plume, le papier, et même les cinq petites lignes dans lesquelles il fallait mettre les lettres, et les devoirs les plus embêtants, les grandes divisions, les règles de trois, et j'aimais par-dessus tout l'analyse grammaticale. Ce truc-là m'emballait. Les autres filles disaient que ça ne servait à rien. Moi ça ne me gênait pas. Même je crois que plus ça ne servait à rien plus ça me plaisait.

J'aurais bien passé ma vie à faire rien que des choses qui ne servaient à rien.

« As », verbe être, 2ᵉ personne du singulier, auxiliaire de « donné »;

« Donné », verbe donner, participe passé.

La maîtresse disait : « Ce n'est pas la peine d'en mettre tant Josyane; essaie plutôt de ne pas laisser d'étourderies ça vaudra mieux. » Car des fautes ça j'en faisais, et finalement j'étais plutôt dans les moyennes; de toute façon, je n'essayais pas de me battre pour être première. Ça ne m'intéressait pas. Pourquoi être première ? Ce que les gens pensaient de moi m'était dans l'ensemble bien égal. La maîtresse avait écrit dans le livret : « Indifférente aux compliments comme aux reproches », mais comme personne ne l'avait jamais regardé ce livret elle aurait aussi bien pu marquer c'est le printemps, ou Toto aime Zizi ou cette fille est une nouille, ça n'aurait pas fait de différence. Une fois dans la classe d'avant j'avais été troisième, on ne sait pas pourquoi, un coup de veine, toutes les autres devaient être malades; j'avais mis le livret sous le nez de papa ce coup-là, il l'avait regardé et me l'avait rendu en disant Bon. Au cas où la colonne lui aurait échappé je dis : « Je suis troisième. » Ça donna : « Ah ! bon. » Point c'est tout. Du reste, je m'en foutais de ce qu'il pouvait dire.

Eux pourvu qu'on y soit à l'école, garés, ça suffisait. Quand Patrick s'était fait foutre à la porte par exemple, là ça avait chauffé : « Alors tu vas me rester toute la sainte journée dans les jambes ? » Ça non. Qu'on grouille, puisqu'on est là, bon, mais ailleurs, le plus loin possible. Allez-vous me foutre la paix, vas-tu finir avec tes questions, laisse-moi tranquille à la fin, alors tu vas me rester toute la sainte journée dans les

jambes. Du coup elle y était allée à l'école,
malgré ses phlébites, et on avait repris Patrick,
vous comprenez je n'ai pas le temps de m'occuper de lui, de le surveiller. Si ça ne marchait
pas, on l'enverrait au Redressement. Une trou-
vaille le Redressement; cette fois Patrick eut les
jetons, et fila juste assez droit pour ne pas se
faire encore virer. Enchantés du résultat, ils
appliquèrent sans tarder le système avec Cathy :
« Si tu ne te tiens pas tranquille tu iras aux
Arriérés. » Ils commençaient à s'y entendre
en éducation. Cathy, quatre ans, ne savait pas
ce que c'était que les Arriérés. Patrick le lui
expliqua : il se tordait la figure dans tous les
sens en bavant et en faisant des bruits de gorge,
pour lui montrer comment ils étaient là-dedans.
Cathy hurlait. Elle en rêvait la nuit, je devais
aller la réveiller; elle se rencognait contre le
mur, ses gros yeux hors de la tête. Quand le
mot Arriéré tombait, elle la bouclait. Patrick
était encore meilleur éducateur que les parents.

Merde pour Patrick. Qu'il joue au para avec
sa bande, près de la cabane du vieux qui se
maintient encore dans l'ancienne zone, au bout
de la Cité, dans le petit terrain plein de roses
trémières de toutes les couleurs, en juin; et
avec ce qui reste de son arbre, dont ils ont cassé
presque toutes les branches pour se construire
une sale hutte minable qui ne tient même pas
debout, et qu'ils foutent par terre même avant

qu'elle soit finie, et après ça ils vont casser
d'autres branches pour avoir une autre hutte
à démolir; j'ai jamais rien vu de plus bête que
ces garçons; ou alors ils mettent une vieille
couverture de cloche sur des bouts de bois, ils se
fourrent là-dessous et ils jouent au « prison-
nier »; ça consiste à attraper tous les types qui
passent devant et qui sont pas trop grands bien
sûr, à les rentrer dans la tente, et là à les « cuisiner ». Avec les jumeaux par exemple, le truc
ne marchait pas : c'est difficile de prendre deux
types à la fois par-derrière, quand Patrick en
attaquait un il avait l'autre sur le poil et il
était obligé de caner, comme le jour où, l'ayant
mis au sol, ils lui cognèrent dessus avec des
pierres. C'est un bonhomme de la Cité, qui
passait, qui le dégagea; le bonhomme nous
ramena les jumeaux par les oreilles, en les
traitant de petits salauds. Moi je me dis tout de
suite : qu'est-ce que Patrick a bien pu leur en
faire baver avant. « Si ça continue, dit la mère,
vous irez tous au Redressement. » Et en avant
la bonne méthode. « Comme ça j'aurai la
paix. » Il y a des moments où pour le Redressement j'aurais même été volontaire. Je nettoyai
à l'alcool la figure de Patrick, qui se faisait un
point d'honneur de ne pas broncher pour épater
qui on se le demande, tout le monde s'en fichait.
Chantal se mit à dégueuler : le sang, elle ne
supportait pas. On n'entendait pas Catherine :

dans le coin, elle ricanait en se tripotant vague-
ment. Je barbouillai Patrick de mercurochrome,
comme ça il faisait encore plus para. La mère
retira du feu les pommes de terre, qui avaient
attaché pendant qu'elle tenait la tête de
Chantal. Les beaux jeudis.

« Tiens, me dit-elle, épluche-z'en d'autres. Et
vous deux, débarrassez-moi le plancher, et ne
recommencez pas vos conneries à amener ici
des gens que ça regarde pas.

— Pati ! Pati ! »

Catherine, avec un métro de retard, appelait
son frère, qui s'était déjà taillé afin de montrer
aux copains son honorable figure de héros
blessé, et d'organiser une vengeance.

« Laisse-z'en, me dit ma mère, tu mets tout
sur les pelures. Au prix où c'est. »

Je ne répondis pas; c'est ce que je faisais en
général; j'attendais que ça se passe. J'attendais
que la journée se passe, j'attendais le soir, le
soir qui, rien à faire, finirait par venir, et la
nuit, qui les aurait tous, qui les faucherait
comme des épis murs, les étendrait pour le
compte, et alors je serais seule. Seule. Seule.
C'est moi qui tenais la dernière.

II

NICOLAS sortit de sa couveuse, et arriva à la maison avec le printemps.

J'avais remarqué cette fois-là les bourgeons sur les arbres, les pousses vertes. Ainsi c'était vrai.

Le jeune marronnier pour le coup était mort, il ne reviendrait pas; ils l'avaient eu finalement. Ils lui passaient des cordes, et tiraient jusqu'à ce que ça casse. Pourquoi est-ce qu'on n'en faisait pas des bûcherons, au lieu d'emballeurs, conditionneurs, perceurs, pistoleurs, moutardeurs ? Trois des petits arbres de la cour — au début on appelait la cour « l'espace vert » — ne revivraient pas non plus : ils aimaient se pendre après et les courber jusqu'à terre; le jeu était à qui courberait l'arbre le plus bas : l'homme fort. Depuis qu'on était là ils en avaient eu douze avec ce système. Une fois j'avais pris Patrick et je lui avais crié dessus.

« Laisse-le donc, pendant ce temps-là il fait pas de bêtises », dit ma mère.

Sur leur commode dans leur chambre, il y avait une photo; c'était du temps où ils s'étaient mariés; ils étaient sur un vélomoteur; elle avait des cheveux longs, et une jupe large étalée; ils riaient. On aurait dit une jeune fille comme celles que je voyais aujourd'hui à la grille, se faire emmener en virée sur les scooters. On n'aurait pas dit nos parents.

Elle avait la peau sèche, et qu'est-ce qu'elle avait fait à ses cheveux pour en avoir perdu la moitié ? Elle regardait droit devant elle, sur rien. Même en me forçant, je ne pouvais pas croire que c'était la même fille, sur le vélomoteur.

Depuis qu'elle n'allait plus à l'usine, elle faisait les escaliers de la Cité, ça rapportait juste assez pour qu'on ne nous enlève pas le salaire unique, ils avaient fait le calcul. Chantal la suivait comme un toutou. Catherine traînait de son côté, généralement non loin de Patrick, avec deux ou trois autres mômes de la même couvée, s'occupant à lancer des cailloux; quand ils pouvaient trouver un chat ou un chien ils étaient à la fête; mais c'était rare, en général les bêtes ne faisaient pas longue vie ici. Une fois je les avais vus en train de bourrer de coups de pieds un pauvre clébard qui se traînait là cet imbécile, et je leur avais dit qu'un jour les chiens viendraient les manger par les pieds, la nuit, quand ils seraient tout seuls dans la maison sans lumière, et leur mère à l'hôpital en train de mourir; j'avais beau en remettre, essayer d'en inventer, ils me regardaient d'un air complètement abruti, comme peuvent en avoir les mômes d'ici; quand je m'arrêtai de parler faute d'idées, ils s'y remirent tranquillement; la rage me prit et je filai deux beignes à Catherine, de préférence, parce que c'était ma sœur, mais j'en aurais plutôt pris un pour taper sur l'autre; aussitôt une bonne femme sortit du bloc comme une furie et me traita de sauvage, à brutaliser des petits. Je lui dis que c'était de la vermine et qu'elle aille se faire foutre; ça fit une histoire, la mère me dit : t'as qu'à pas te mêler de ce qui te regarde pas, il était pas à toi ce chien, non ? Comme elle dit pendant ce temps-là ils ne font pas de bêtises, et en tous cas on ne les a pas sur le dos.

A ce moment-là il ne restait plus à la maison que Nicolas, dont j'avais la charge entre les heures de classe.

Il était pâle et roux, et gardait les yeux clairs, contrairement aux autres qui les avaient marron, sans parler évidemment des jumeaux, qui étaient noirs comme des pruneaux et tout frisés, mais ces jumeaux-là c'était un autre mystère.

La mère ne s'occupait presque pas de Nicolas;

j'étais grande maintenant, elle pouvait se reposer sur moi. Il n'était pas embêtant, il ne faisait pas beaucoup de bruit. Il regardait tout de ses yeux clairs grands ouverts, avec l'air de se demander dans quel bordel il était tombé, et pourquoi. Je me disais qu'il avait peut-être une âme. Je faillis tuer Catherine quand je la pris en train d'enfoncer comme font tous les petits ses doigts dans les orbites de Nicolas. Je la pris par sa maigre tignasse et en faisant un air comme dans les films j'approchai tout doucement mes doigts de ses yeux globuleux. Elle beugla, Patrick s'amena naturellement. « Tu iras aux Arriérés Aveugles », dit-il. Catherine piqua son accès et je la laissai gigoter par terre. De toute façon rien n'y faisait. Mais en fin de compte, ce n'est pas permis d'être si méchant quand on est si laid.

Je parlais à Nicolas comme je l'avais toujours fait aux bébés en m'occupant d'eux quand j'étais seule, mais lui on aurait dit qu'il m'écoutait, et ça m'encourageait; je lui racontais tout ce qui m'arrivait, ou quand j'avais une raison de râler ou n'importe quoi; il adorait que je m'occupe de lui, il se roulait dans mes mains et riait. Ça me soulageait de lui parler.

Un jour, j'eus une amie, Fatima. On s'était rencontrées un soir qu'elle essayait de rentrer ses garçons et moi les miens. « Tiens me dit-elle, ils sont à toi ces deux-là ? en montrant les

jumeaux; je l'aurais pas cru. » Personne ne le
croyait, il fallait insister pour le faire admettre.
Fatima me demanda combien j'en avais : trois.
Moi, et elle a compté, j'en ai quatre. J'ai dit :
« Mais moi, j'ai encore deux filles. — Moi
trois, dit-elle, et deux qui sont mortes. — Moi,
j'en ai un seulement qui est mort, et j'ai aussi
un bébé, qui s'appelle Nicolas. Nous, on en
attend un pour juillet », dit-elle. On a fait
notre compte, elle avait gagné. On a ri. Mais
on ne pouvait pas rester longtemps, on avait du
travail qui nous attendait à la maison. Elle a
ramassé ses frères, qui étaient tous noirs et
frisés comme mes jumeaux.

Je n'avais pas d'amies à l'école; je n'aime
pas les filles, elles sont con. Fatima, c'était
spécial, on pouvait causer. On s'est revues. Mais
on n'avait jamais bien le temps, c'était toujours
elle allant aux courses moi en revenant, ou le
contraire. Et c'est dommage, parce que je
l'aimais bien. Ça me faisait toujours plaisir
quand je la voyais arriver de loin, avec ses
grands cheveux noirs, et son sourire. Fatima et
moi, on se comprenait. Mais elle partit, ils
allaient dans les grandes maisons de Nanterre,
parce qu'ici ils n'avaient plus assez de place, ils
étaient onze dans trois pièces. Je dis à Nicolas
que Fatima était partie. J'étais triste.

Tous les soirs en allant me coucher, je le
trouvais dressé sur son lit. Je n'allume pas pour

me déshabiller, afin de ne pas éveiller les petits, mais lorsqu'il y a la lune on voit tout clair dans la chambre; Nicolas ne s'endormait jamais avant que je sois venue lui parler et l'embrasser, et ça me faisait plaisir de le voir là, qui m'attendait, et de le sentir contre moi tout chaud et doux.

Un jour en classe on nous apprit une fable, d'un roi qui avait un grand secret et ne devait le dire à personne. Un jour, n'en pouvant plus, il s'est couché dans les herbes et leur a tout raconté. Mais les herbes l'ont dit au vent, qui l'a dit à tout le monde.

J'ai trouvé cette fable très jolie; mais, pas de veine, quand la maîtresse a interrogé et m'a demandé quel était le secret du roi, impossible de m'en souvenir. Eh bien, a dit la maîtresse, il aurait mieux fait de te le dire à toi, et elle m'a collé un zéro, pour m'apprendre à écouter en classe.

J'ai raconté la fable à Nicolas le soir : lorsqu'il est là dressé, blanc et roux, tout brillant dans la lune, ce que je raconte devient beau; j'ai dit : « Je suis le roi, et toi tu es l'herbe. » Je l'ai embrassé.

Catherine s'agite dans de mauvais rêves; Chantal, toujours le nez pris, ronfle aussi fort que le père, chétive comme elle est. Dès que je l'ai embrassé, Nicolas s'endort comme un ange, et ne bouge plus.

A deux ans et demi, il ne parlait pas. Pas même papa maman. Ils finissaient tout de même par s'étonner. Ils essayaient de le faire parler, dis maman, papa, pa pa pa... Rien. Pipi. Il les regardait d'un air abruti. Da da da da, bafouillaient les tantes le dimanche en lui chatouillant le museau. Il secouait la tête comme s'il était couvert de mouches, et si on s'obstinait il grognait.

« Il est peut-être muet », conclut tante Odette après une série d'échecs et il l'avait mordue. Ce petit. Pourtant tous les enfants m'adorent, sans exception.

Elle était grasse et avait une grande poitrine, comme une paire d'oreillers; les enfants devaient sans doute confondre.

« Je ne vois qu'une chose, il est peut-être muet.

— C'est gai, dit la mère. Faudra le mettre aux Arriérés. D'un côté, ajouta-t-elle, s'il est muet il ne nous cassera au moins pas les oreilles.

— Oh ! maman !

— Quoi ? me dit-elle.

— Tu ne devrais pas devant lui ! En tout cas il n'est pas sourd.

— Y peut pas comprendre, dit-elle. Tiens, essuie le grand plat et fais attention de pas le foutre par terre. »

Pour la conversation, elle au moins, elle se posait là.

« Con maman ! »

On se retourna en se demandant d'où ça venait. C'était Nicolas qui disait ses premiers mots.

« Ben dis donc ! dit la tante.

— Con maman, con tante.

— En voilà des façons de parler où t'as appris ça ! » dit la mère et elle lui fila une beigne. C'était sa première. Il ne pleura pas. Il se marrait. Quant à où il avait appris, j'aurais pu en dire long. On ne se méfie pas assez des bébés. J'essuyais mon plat.

« C'est Josyane qui lui a appris, dit Chantal. La nuit elle lui raconte des histoires. J'entend. »

Je posai le plat et je sautai sur Chantal, la mère s'élança au secours de son enfant, la tante essaya de m'empoigner, Nicolas mordit Chantal aux mollets et pas pour rire d'après le cri qu'elle poussa, et après c'est la mère qui s'étala en entraînant le sèche-assiettes. On ramassa les morceaux du grand plat, j'étais ravie qu'il soit cassé et pas par moi; et bref ce fut un dimanche comme les autres.

*

C'était encore une fois le printemps. Il y avait un lilas dans les derniers jardinets que la Cité n'avait pas encore bouffés. Quand je revenais de l'école je le voyais, mais je ne disais rien, les autres filles se seraient payé ma tête.

Le seul moment où je pouvais me promener tranquille, c'était les courses. A cause de ça, jamais je ne renâclais dessus; d'ailleurs personne n'essayait de me les disputer, l'habitude était prise, on n'y pensait même plus. Je traînais, autant que je pouvais pour éviter l'engueulade, en augmentant peu à peu à mesure que les jours allongeaient.

L'autobus s'arrête juste devant la Cité, et les gens qui reviennent de leur travail en descendent tous en tas, à l'heure où je vais aux commissions; c'est toujours à peu près les mêmes têtes que je vois, à force; je les reconnais. On se reconnaît tous, mais on ne le montre pas; simplement on se dit tiens, je suis en retard, ou je suis en avance, ou je suis juste, selon la charretée qui se déverse devant la porte.

Un soir, un homme qui descendait de l'autobus me regarda et me sourit. Il traversa l'avenue vers les grands blocs, et se retourna pour me regarder. Je me demandais pourquoi cet homme m'avait souri, car justement celui-là je ne l'avais jamais vu. C'était bizarre, et j'y repensai, et puis il m'arrivait tellement peu de choses que le plus petit détail me restait. Par la suite, je revis cet homme, et chaque fois il me regardait.

Un jour, en revenant des commissions, je le croisai carrément. J'avais deux bouteilles de vin, une d'eau, et le lait, plus le pain sous le bras.

« C'est bien lourd pour toi tout ça, me dit-il comme si on se connaissait. Tu veux que je te le porte ?

— Oh ! je suis arrivée, dis-je, c'est là que j'habite.

— Dommage, dit-il. Moi, j'habite là, ajouta-t-il en montrant les grands blocs. Pour l'instant. Je te vois souvent, en train de porter tes filets. Tu as beaucoup de travail ?

— Oui. Voilà, je suis arrivée.

— Tant pis, et il me rendit le filet. A bientôt peut-être ? »

Il traversa l'avenue et me fit un signe de la main.

Je le rencontrai plus souvent. Je regardais les autobus, mais il devait arriver plus tôt, car je le croisais sur l'avenue; peut-être qu'il m'atten-dait; on faisait quelques pas ensemble; il prenait mon filet; il arriva qu'on dépasse la Cité, tout en parlant, qu'on prenne la petite rue qui contourne les maisons vers les jardinets.

Il s'appelait Guido. Il vivait seul. Il me parlait comme à une personne, il me racontait sa vie, il n'était pas dans son pays ici, dans son pays il avait une maison avec une vigne, et comme moi beaucoup de frères et sœurs, des sœurs très belles qui se mariaient une par une. On faisait quelques pas, et il me quittait, avec son petit signe de la main et son sourire. C'était un homme très beau, brun avec de belles dents blanches quand il souriait, et des yeux clairs. Il devait avoir bien trente ans.

Il se sentait très seul, il était triste; les blocs lui fichaient le cafard, il me disait que bientôt le monde serait tout comme ça, et que les hommes qui avaient quelque chose dans le ventre n'auraient plus qu'à tous foutre le camp sur la planète Mars. Il me regarda et me dit qu'il était en train de devenir fou; mais il sourit, il n'avait pas l'air fou du tout, au contraire.

« Quel âge as-tu ? me dit-il.

— Onze ans. » Je mentais un peu.

« Madona », dit-il.

Il me racontait que le soir il écoutait son phono, un vieux truc mais il aimait tellement la musique qu'il préférait ça à rien du tout; il faut avoir quelque chose qu'on aime dans la vie, sinon on serait comme une bête. Je lui dis que moi si je n'avais pas Nicolas je serais comme une bête, et c'est ainsi que je m'en rendis compte, c'est fou ce qu'on peut découvrir en parlant. Je me mis à lui parler de Nicolas, je lui dis que je croyais qu'il avait une âme. Il parut étonné. Je lui expliquai ce qu'avait affirmé Mlle Garret à ce sujet, et que je n'arrivais pas à croire que tout le monde en a une. Il hocha la tête.

« C'est vrai que c'est difficile à croire, dit-il.
Et moi, est-ce que j'ai une âme ? »

Il s'était arrêté de marcher pour que je le
regarde; il souriait, montrant ses belles dents
blanches. Je lui dis que je croyais que oui.

« A quoi tu le vois ?

— Je ne sais pas. Comme ça. Je ne sais pas.
D'abord, tu parles. »

Il disait : « Quand je construis ces maisons
je suis malade; je ne sais pas si je pourrai continuer longtemps. Je pense : C'est toi qui fais
ça Guido, toi qui es né sur les collines ». Chez
lui, il y avait toujours du soleil, mais il n'y avait
pas de travail. Mais un jour, disait-il, il n'y
aura même plus de collines, Dieu veuille que
je sois mort ce jour-là. Je ne suis pas fait pour
supporter ça, je suis un homme moi, pas un
robot.

« Tu dois avoir raison, me dit-il, c'est pour
ça qu'il m'arrive ce qui m'arrive.

— Qu'est-ce qui t'arrive ?

— Quel âge as-tu ? »

Je lui avais déjà dit, mais il avait dû l'oublier.
Je le lui redis.

« Quel malheur », dit-il.

Il se remit à marcher. Il me prit par la main.
Sa main était grande et chaude, bien fermée
sur la mienne. Personne ne m'avait jamais pris
la main, et j'eus envie de pleurer.

Il me dit qu'il n'avait pas de femme, il ne

pouvait plus les approcher : elles étaient fausses comme des réclames, disait-il, à force d'en voir.

« Ici on perd vite son âme, dit-il. Ou bien si on ne la perd pas on devient fou. C'est ce qui est en train de m'arriver. Avec toi », ajouta-t-il, en me souriant.

Je n'avais pas parlé de Guido à Nicolas au début : un jeune homme qui descendait de l'autobus m'a regardée... c'était trop bête à dire. Alors je lui racontai que j'avais rencontré un habitant de la planète Mars. Il était presque invisible, les autres gens ne le voyaient pas, il restait tout seul. Il s'ennuyait ici, il trouvait que c'était moche, mais il ne pouvait pas retourner chez lui, il était perdu. Il n'y avait qu'une chose qu'il aimait chez nous, c'était la musique. Le soir il l'écoutait en passant devant les maisons. Chez lui, tout le monde avait une âme, tout le monde se comprenait. Ici personne ne parlait à personne, les gens étaient enfermés dans leur peau et ne regardaient rien. Il avait beau leur sourire, leur faire des saluts, ils ne répondaient pas; j'étais la seule. Chez lui, il faisait toujours du soleil, et c'était couvert de vignes et les arbres ne perdaient pas leurs feuilles, au printemps il en poussait de nouvelles, blanches, qui devenaient vertes l'année suivante, et les arbres ressemblaient à des bouquets de fleurs. Ce que j'ai pu en donner de détails sur la planète Mars, rien que pour

pouvoir parler d'une façon ou de l'autre de
Guido. J'avais inventé qu'il s'appelait Tao, car
il me disait au revoir ainsi. Pour parler on
attendait que Chantal ronfle, même si elle
faisait semblant ça l'empêchait d'entendre ce
qu'on disait, et, de toute façon, elle avait une
peur bleue de Nicolas qui ne la loupait jamais
et lui avait promis de la tuer plus tard, quand
il serait grand.

L'école était finie. C'était l'été. Je rencontrais
Guido tous les jours, après son travail; on allait
se promener un peu plus loin, entre les jardins.
Quand je lui dis qu'on allait partir en vacances,
il devint sombre. Il me regardait, commençait
une phrase et ne la finissait pas, puis repartait et
on marchait sans parler, sa main serrant la
mienne, la broyant. J'avais le cœur lourd, et
moi non plus je n'arrivais pas à parler. Finalement, il me demanda si je pouvais aller aux
commissions plus tôt, le lendemain, jeudi; il
s'arrangerait pour se libérer lui aussi; naturellement je pouvais. On eut un vrai rendez-vous,
à une vraie heure, dans un endroit précis, un
peu loin de nos maisons, au panneau Montreuil.

Il avait un scooter; un copain lui avait prêté;
il me demanda si je voulais bien faire un tour
avec lui. Si je voulais ! Monter en scooter !

J'étais ravie. Lui avait toujours l'air aussi
sombre, il allait vite, et faisait des tas d'astuces,
je devais m'accrocher fort à lui, c'était mer-

veilleux. On entra dans le Bois. Il prit une allée, et s'arrêta.

« On va se dégourdir les jambes, dit-il. Tu veux bien ? »

Je sautai du scooter. Il le mit contre un arbre.

« On ne va pas te le voler ?

— On n'ira pas loin. Juste quelques pas. Pour te dire quelque chose. »

On fit quelques pas, dans un sentier. Il avait pris ma main.

« Alors, tu pars demain ?

— Oui, répondis-je tristement. Ça ne me disait rien.

— Tu sais... dit-il.

— Quoi ? demandai-je au bout d'un moment, voyant que rien ne venait.

— Ah ! » dit-il. Il se tourna vers moi, et me regarda d'un air égaré. Il prit mes deux mains et soudain tomba à genoux et m'attira contre lui, et il se mit à parler en italien. Ce qu'il disait je ne le sais pas, je ne sais pas l'italien, mais je le sais je l'entendis, je n'ai jamais rien entendu de si beau, je comprenais tout. Quand il m'embrassa le visage, il était brûlant, ses mains étaient brûlantes sur moi et de temps en temps il levait les yeux vers moi et me posait une question, si je voulais bien, si je voulais bien, il me dit seulement en français : « Je ne veux pas te faire de mal. Je te jure je te jure, c'est que je t'aime », et il répéta en italien qu'il ne voulait rien me faire de mal, je le croyais, je le laissais faire, je n'avais pas envie de l'empêcher, pas du tout et de moins en moins, à mesure que ses lèvres m'approchaient, et quand je sentis leur chaleur alors pour un empire je ne l'aurais pas arrêté. C'était doux, cela ne finissait pas, j'étais adossée à l'arbre, Guido était à genoux devant moi, j'entendais les oiseaux, je ne savais pas qu'il existait des choses aussi bonnes, et à la fin il y eut une limite, je fus obligée de gémir, Guido me serra follement et gémit aussi, mes jambes ne pouvaient plus me porter. Il me coucha sur le sol, ou j'y tombai, je ne sais pas, il avait l'air heureux, il parla encore, et il recommença, il disait qu'il ne s'arrêterait jamais, je comprenais de mieux en mieux l'italien. Moi non plus je n'aurais pas arrêté, quand il me laissait un peu je le retenais, finalement j'en avais presque mal, je pouvais à peine le supporter, mais quel dommage ! J'aurais voulu que ce soit éternel.

« Tu ne m'en veux pas ? demanda-t-il quand tout de même on revint au scooter, et puis le jour baissait, j'étais déjà pas mal en retard.

— Oh non ! » m'écriai-je. J'étais sincère.

Il m'embrassa. Je dis : « Je ne savais pas que ça existait.

— Mon Dieu, dit-il, que tu étais bonne ! Je le savais. J'en étais sûr d'avance. »

On recommença une dernière fois, mais après je n'en pouvais vraiment plus. « Madona, je suis fou », disait Guido. On rentra à toute vitesse, et vraiment là il était fou, on manqua mourir vingt fois, et il chantait à tue-tête un air de chez lui. Il me laissa un peu avant la Cité. Il me dit une phrase, avec « morire », en souriant tristement, et me fit Tchao, en se retournant sur le scooter, avant de tourner dans son allée.

« Alors, qu'est-ce que t'as foutu ? Le vermicelle quand est-ce qu'y va cuire ? »

Je le ramenais. On l'avait acheté avec Guido en passant, et trimbalé dans les sacoches.

« Je me suis promenée.

— C'est pas le moment de te promener quand je t'attends avec les commissions. »

Dans ces cas-là je me tais. Mais aujourd'hui j'encaissais mal.

« Et quand est-ce que c'est le moment ? J'ai sans arrêt des trucs à faire ! j'arrête pas du matin au soir et tous les autres se les roulent ! Y a qu'à donner des commissions à Patrick, lui il a le droit de traîner tant qu'il veut ! »

Patrick se détourna à peine de la télé — le seul truc capable de le faire rappliquer à la maison — et me jeta :

« Moi, c'est pas pareil, moi je suis un homme. »

J'éclatai de rire.

« Un homme ! tu sais même pas ce que c'est. »

C'était vraiment pas le moment de me sortir ça, il tombait bien, tiens !

« Morpion ! »

Les jumeaux levèrent le nez de leur livre de géographie (qu'est-ce qu'une presqu'île ? une presqu'île est une terre entourée d'eau de trois côtés) et ricanèrent, ostensiblement.

« Tu veux te faire corriger ? me dit Patrick, très chef.

— Tra la la, tra la la, dirent les jumeaux.

— Vous les lopes...

— Tra la la, tra la la !

— La ferme, dit le chef de famille, je peux pas écouter l'émission !

— Vous perdez rien pour attendre, dit Patrick.

— Tra la la, tra la la, chantonnèrent doucement les jumeaux. Qui c'est qui va encore se les faire dévisser.

— Allez-vous vous taire ? dit la mère. Votre père écoute l'émission. Josyane, râpe le gruère.

— Où c'est que t'as été te promener, dit cette punaise de Chantal, flairant un coup, pour ça elle avait de l'intuition.

— Avec une copine.

— Comment elle s'appelle ?

— Fatima, répondis-je au hasard, de toute façon ils ne la connaissaient pas.

— Belles fréquentations, dit Patrick, moraliste.

— Je t'emmerde microbe.

— Ah ! merde ! dit le père. On peut pas avoir un instant de tranquillité dans cette bon dieu de journée, non ?

— Eh bien, Josyane ? je t'ai pas dit de râper du gruère ?

— Ah ! la barbe ! Chantal a qu'à le faire. Elle fout jamais rien ! moi j'en ai marre de faire la bonne ! »

J'étais enragée. Je les aurais tués. Y compris le sale con de l'émission, à qui on demandait combien de kilomètres il y a entre Sparte et Lacédémone et qui restait comme une andouille à se faire foutre de sa poire par dix millions d'autres cons.

« Y va pas les avoir, dit le père à son Fils Aîné.

— Il a l'air d'une cloche », approuva Celui-Ci.

Catherine prit le fou rire, comme chaque fois que Patrick ouvrait le bec, que ce soit pour dire la pire des conneries. La mère me gueulait dessus, à cause du râpé, entre ses dents à cause du père et de l'émission. Finalement je lui dis merde. Elle était tellement peu habituée de ma part à ce genre de reparties, généralement réservées à Patrick, qu'elle en resta penaude, la louche au bout du bras et la bouche ouverte,

pendant que je me taillais dans ma chambre.
Au fond, le secret c'est de leur parler un peu
sec : qu'est-ce qu'ils peuvent faire ?

Je boufferais pas; d'ailleurs j'avais pas faim;
et puis je m'en foutais de leurs salades; j'avais
autre chose à penser, moi, ce que, depuis que
j'avais remis le pied dans cette piaule je n'avais
pas pu faire, pas une seule seconde, tellement
vite ils s'étaient rués sur moi, m'avaient jeté
leur connerie à la tête.

Eh bien, ils avaient gagné. Mon trésor était
en morceaux, je ne sais où, noyé dans la rogne,
je ne pouvais pas arriver à le retrouver. C'est
des vrais détersifs ces mecs-là, là où ils sont
passés l'herbe ne repousse plus, comme on nous
avait appris à l'école à propos d'Attila, roi des
Huns.

J'avais beau me répéter : « Guido, Guido.
Tintin. Ah ! les vaches ! »

Et penser que j'aurais pu vivre cent ans sans
qu'un seul me fasse soupçonner qu'il y avait
autre chose dans la vie que leur sacré râpé, le
vermicelle et la Sécurité ! Ah les vaches.

« Jo ?

— Tu ne dors pas toi ?

— Ben je t'attends. Qu'est-ce qu'y font qu'y
gueulent ?

— Ils s'occupent de gruyère.

— Qu'est-ce que c'est du gruyère ?

— Du fromage.

— J'aime pas ça.

— T'as bien raison. En tout cas ça vaut pas la peine qu'on s'en occupe.

— Non, confirma Nicolas. C'est tous des cons. Qu'est-ce que t'as fait aujourd'hui ? Dis pas : t'as rencontré Tao. Ça se voit.

— Ça se voit ? »

Mon Dieu, après tout oui, peut-être, ça se voyait. Heureusement qu'avec eux on était tranquille, ils ont de la merde dans les yeux.

« Qu'est-ce que vous avez fait ?

— On est allés dans la forêt.

— Qu'est-ce que vous avez fait dans la forêt ?

— Euh, on a cueilli des fleurs.

— Où elles sont ? »

Ce n'était pas toujours facile avec Nicolas. Je l'avais habitué à lui dire tout.

« Elles sont parties. C'est des fleurs qui s'envolent quand on les cueille.

— Alors pourquoi on les cueille ?

— Parce que c'est joli quand elles s'envolent. Et après on les regrette.

— J'en veux aussi », dit Nicolas. C'était à prévoir.

Je lui en promis. Béni soit Nicolas, la forêt était revenue, il me l'avait ramenée. Je pensai que j'allais sûrement être malheureuse, et j'aimais mieux l'être de manquer de quelque chose que de ne pas savoir que ça existe.

III

ALORS arrivèrent les vacances. Ce n'était pas leur faute. L'usine fermait en août. Cette fois on n'irait pas chez la grand-mère à Troyes lui biner ses carrés et retaper ses cabanes à lapin pour revenir avec des ampoules et des tours de rein, on irait dans un hôtel à la campagne, comme les vraies gens qui vont en vacances, et on se reposerait pour de bon, du matin au soir, sans rien faire que respirer le bon air et faire des réserves de santé pour la rentrée, on partirait le, on irait par, on mangerait à. Bref, en un rien de temps ils avaient réussi à transformer la fête en un sacré emmerdement. On en parlait depuis Pâques; l'itinéraire; l'hôtel; le programme; l'horaire. Car ils avaient enfin la bagnole, et le chef de famille était passé mécano qualifié, incollable sur le delco, les pignons et les pompes, la tête dans le capot le samedi après-midi et le spontex ravageur le dimanche matin, faisant le concours avec Mauvin laquelle qui brillerait le plus. Jamais il n'aurait

touché à l'évier de la cuisine mais sa peinture
c'était autre chose. Et allez donc que je te
brique, et fier comme un pou, « on pourrait
manger la soupe dessus », une vraie petite
ménagère.

Enfin on partit, tous en chœur entassés; cette
année, pour bien que tout le monde profite de
la voiture et se rende compte que le père en
avait une, personne n'avait été mis à la Colonie,
au diable l'avarice, et ça c'était bien dommage,
les seules bonnes vacances qu'on prend c'est
celles des autres.

Papa conduisait comme un cochon; tous les
autres chauffards de la route le lui faisaient
bien remarquer, et j'avais les jetons chaque fois
qu'il essayait de doubler une bagnole; c'était
une vieille traction ce qu'on avait, il disait que
ça devait doubler tout, à cause de la Tenue de
Route; la Tenue de Route ça devait être vrai,
sinon avec papa elle n'y serait pas restée longtemps.

Chaque fois qu'un de ces excités sortait sa
sale gueule de sa quincaillerie pour le traiter
de connard, son aîné rougissait; il avait honte
de son père; et depuis le début il était en
fureur parce qu'on l'avait jamais laissé toucher
à la précieuse mécanique; c'était un point sur
lequel le père ne cédait pas.

Toutes les vingt-cinq bornes Patrick demandait qu'on lui laisse le volant, rien qu'un peu,

et le père répondait fermement que non.

« Merde, je ferais au moins aussi bien que toi, dit Patrick, humilié une fois de plus car le père venait de se faire agonir par un quinze tonnes.

— J'avais la priorité ! » proclama le vieux, en accélérant victorieusement au virage qu'il prit à la corde à gauche, Dieu merci il ne venait personne en face.

« Un si gros que ça a toujours la priorité, fit remarquer Patrick. D'ailleurs il venait de droite, et on était dans une agglomération.

— De droite, de droite ! je vais te la faire voir la droite », dit-il en la lâchant du volant pour l'envoyer dans la figure du rebelle; la mère serra sa Chantal sur son cœur en voyant arriver le platane, le père rattrapa le volant à deux mains, de justesse, le fils n'eut pas la beigne; il profita aussitôt de la situation.

« De droite. La droite, c'est là, dit-il, en la montrant. De fait, c'est bien Patrick qui avait raison.

— Je sais ce que j'ai à faire », déclara le père, qui puisait dans la tenue d'un volant une autorité nouvelle. Pendant un moment on tapa le cent dix en silence.

« Pipi, dit Catherine.

— Ah ! non ! dit le père.

— J'ai envie, dit Catherine, et elle se mit à pleurnicher.

— Tu attendras qu'on prenne de l'essence.

— Tu sais bien qu'elle ne peut pas attendre, dit la mère, plaintivement. Elle va faire dans sa culotte.

— Ah ! là ! là ! » dit le père, pour gagner encore un peu de temps.

Ou alors c'était Chantal qui avait mal au cœur; elle ne supportait pas la voiture, et finalement il avait fallu la mettre devant avec la mère, près de la vitre, en cas. Patrick était au milieu, entre le père et la mère. Moi derrière j'avais Nicolas sur moi, et la moitié de Catherine; les jumeaux étaient tassés dans l'autre coin, regardant le pays et échangeant leurs impressions dans leur javanais à eux qu'ils s'étaient fabriqué pour qu'on ne les comprenne pas. Aux arrêts, Nicolas cueillait des fleurs et les lâchait en l'air, pour voir si elles allaient s'envoler. On remontait dans la voiture, où le père resté s'impatientait en regardant sa montre.

« Avec vous autres, j'arriverai jamais à tenir ma moyenne. »

Patrick se mit à rigoler bruyamment.

« Toi je vais te laisser sur la route, dit le père. Je vais te laisser sur la route tu vas voir ! »

Il pensait que quitter sa belle voiture c'était un châtiment suprême.

« Oké, dit Patrick. J'aime mieux être orphelin que d'être mort. »

Comme on n'était pas encore démarrés il eut sa gifle.

Le père avait une faiblesse pour l'aîné de ses garçons, celui qui le continuait en somme; mais question voiture c'était un autre homme : plein d'allant, de dynamisme, d'autorité : ça le révélait.

« Descends, dit-il en ouvrant la porte de droite, devant laquelle la mère achevait de reculotter Catherine.

— Maurice... dit la mère faiblement.

— Ça lui servira de leçon, dit le chef de famille. Ce morveux. Ça lui servira de leçon, tiens. »

Sur le bord de la route, Patrick jubilait. Le père démarra, avec difficulté parce qu'il s'était mis dans un tas de sable. Aussitôt commença une scène avec la mère, qui trouvait qu'il avait été trop dur, et qui voulait qu'on retourne. Lui ne voulait pas.

« J'en ai marre à la fin, de ce morveux. Toujours à critiquer ce que font les autres. »

Dans le fond ça le soulageait de ne pas l'avoir à côté de lui en train de lui faire remarquer toutes ses conneries. Nous on les remarquait aussi mais au moins on la bouclait. Il s'offrait une petite récréation. Quand il eut assez profité, il se laissa fléchir. « Il doit avoir compris maintenant », dit-il, et il exécuta sur la route un demi-tour qu'il valait mieux que Patrick n'ait pas vu, et il nous dit que les vitesses dans la traction ça grinçait toujours.

Patrick n'était plus où on l'avait laissé.
Plantés de part et d'autre de la route, le père
et la mère observaient l'environ. Rien. L'an-
goisse s'établit. On appela, Paaatrick ! Paaatrick ! Je te l'ai dit, disait la mère, que t'étais
trop dur. Je le savais; le père ne répondait pas.
Moi les jumeaux et Nicolas, on avait trouvé
un buisson de mûres et on était dedans.

« Vous pouvez pas nous aider à chercher
plutôt, non ? » J'émis l'idée qu'il s'était peut-
être jeté dans la rivière, qui coulait non loin;
mais dans le fond je n'y croyais pas. Cathy se
mit à hoqueter. Je dis qu'après tout on s'était
peut-être trompés d'endroit, est-ce qu'il y avait
bien cette bâtisse, là, je ne me souvenais pas
de l'avoir vue la première fois; les jumeaux
dirent qu'ils étaient absolument sûrs qu'elle
n'y était pas, ils avaient vu un transformateur.
On réussit à faire remonter les vieux comme
ça un bon bout de chemin, et à la fin ils ne
savaient plus rien du tout. Le père décida de
prévenir les gendarmes et les Recherches dans
l'intérêt des familles, si on peut dire dans le
cas de Patrick. Et de continuer. La mère dit
qu'elle resterait dans le village jusqu'à ce qu'on
ait retrouvé « le petit », comme ils l'appelaient
maintenant. Tous les péquenots du coin s'in-
téressaient à nous, la mère était entourée de
bonnes femmes, il y a des bonnes femmes partout. Le père, conscient de ses responsabilités.

décida qu'il conduirait les Siens à destination
d'abord, on ne pouvait pas faire courir les
routes à de jeunes enfants comme ça, surtout la
petite fille dans cet état, Cathy avait des convul-
sions, et qu'il reviendrait aussitôt pour les
Recherches. Tout le monde s'intéressait à
Patrick, « le Petit Disparu ». Le père disait :
« J'ai été trop sévère, il est tellement sensible »,
les hommes parlaient de draguer le fleuve.

On le rencontra plus loin à un croisement,
assis sur un parapet de pont, et mangeant des
pommes.

« Ben vous allez pas vite, nous dit-il avec
mépris quand on s'arrêta à sa hauteur. Ça fait
bien une heure que je vous attends.

— Ben où que t'as passé ? dit le père complètement sur le cul.

— Je vous ai doublés, dit Patrick. C'était
pas difficile. Et ça l'aurait été encore moins si
t'avais pas roulé en plein sur le milieu de la
route. J'allais repartir, je commençais à en avoir
marre.

— Non mais tu te fous de notre gueule ?
éclata le père. Je vais te relaisser là, moi !

— Maurice... supplia la mère. Allez, monte,
dit-elle à Patrick, en descendant avec sa Chantal
en toute hâte pour le lui permettre. Dépêche-toi,
ton père a déjà perdu assez de temps avec toi. »

Patrick monta dignement, regardant tout avec
dédain.

« J'étais dans une Cadillac, dit-il au bout d'un moment, bien que personne lui ait rien demandé. Ça c'est de la suspension, ajouta-t-il après un passage de pavés.

— T'aurais tout de même pu nous attendre, dit la mère; tu savais bien qu'on reviendrait te chercher. On se demandait où t'étais passé.

— Josyane a dit que tu t'étais jeté dans la rivière, moucharda Chantal à tout hasard.

— J'y croyais pas vraiment, dis-je, ç'aurait été trop beau.

— Patrick nous ferait pas ce plaisir », dirent les jumeaux.

Mais Patrick ne s'occupait pas de nos bavardages; il expliquait tout ce qu'il y avait dans la Cadillac, qui n'était pas dans celle-ci.

« Et les vitesses peuvent pas grincer même avec la dernière des cloches, fit-il remarquer comme le père passait en troisième, vu qu'elles sont automatiques.

— Pourquoi tu y es pas resté ? dis-je, en ayant marre. Pourquoi t'es revenu avec des minables comme nous, pourquoi t'y es pas resté dans ta Cadillac ? » Patrick négligea l'interruption et continua sur les boutons du tableau de bord.

« Pourquoi tu y es pas resté, pourquoi tu y es pas resté, se mirent à chanter les jumeaux, couvrant sa voix.

— Oh ! bouclez-la, dit le père qui cherchait

ses lumières car la nuit tombait, on n'y voit rien.

— C'est la mauvaise heure, lui dit sa femme, en veine de converser. Entre chien et loup.

— Dans la Cadillac, dit Patrick, les phares s'allument automatiquement quand le jour baisse.

— La ferme, dit le père, avec ta Cadillac.

— Patrick nous les casse, dirent les jumeaux, Patrick nous les casse, Pa-trick-noulékass, Pakass nous les trique, tri casse les patates...

— Allez-vous vous taire ! dit la mère. Ah ! ces gosses !

— On n'est jamais tranquilles avec ça ! même en vacances !

— Y ne nous laissent même pas profiter du moment.

— Dire qu'il faut traîner ça ! soupira le père accablé.

— Pourquoi que tu nous as faits ? » dit parmi les soupirs la petite voix de Nicolas, supposé endormi.

Ils ne répondirent pas. On entendit des gloussements. C'était nous, pour un instant unis dans une douce rigolade. On avait tout de même quelque chose en commun. Les parents.

Il se mit à pleuvoir et on creva. Le père nota qu'on avait assez de pot, c'était le premier pépin, un pépin en quelque sorte normal et courant, dit-il en faisant marcher le cric, sous la flotte. Patrick tenait la lampe.

« Dans la Cadillac, dirent les jumeaux, quand un pneu crève, un autre pneu vient se mettre à la place tout seul. »

Néanmoins, Patrick resta avec nous. La nuit, il n'avait jamais été très fortiche.

On arriva. On réveilla l'hôtel. Le patron avait donné une des chambres, ne nous voyant pas arriver, en saison on ne peut pas garder des chambres vides. On s'installa dans deux, en attendant un départ. Le lendemain, les vacances commencèrent. Je m'attendais à aimer la Nature. Non.

*

C'étaient les mêmes gens, en somme, que je voyais d'habitude, qui étaient là. La différence est qu'on était un peu plus entassés ici dans ce petit hôtel qu'à Paris où on avait au moins chacun son lit; et qu'on se parlait. Comme ils disaient, en vacances on se lie facilement. Je ne vois pas comment on aurait pu faire autrement, vu qu'on se tombait dessus sans arrêt, qu'on mangeait ensemble à une grande table, midi et soir, et que dans la journée on allait pratiquement aux mêmes endroits. Avec ça qu'on n'avait rien à faire du matin au soir, puisque justement on était là pour ça, et même il n'y avait pas de télé pour remplir les moments creux, avant les repas, alors ils se payaient des tournées et causaient; et entre le dîner et l'heure d'aller au lit, car si on va au lit juste après manger, comme il y en avait toujours un pour le faire remarquer à ce moment-là, on digère mal; alors on allait faire un tour dehors, sur la route, prendre l'air avant de rentrer : c'était sain, disaient-ils, ça fait bien dormir; c'est comme de manger une pomme, et de boire un verre de lait, ajoutait l'un, et la conversation partait sur comment bien dormir.

Moi je dormais plutôt mal dans le même lit que mes sœurs, Catherine avec toujours ses sacrés cauchemars, qui sautait, et Chantal avec ses sacrés ronflements; et je ne pouvais même pas bavarder avec Nicolas, qui était dans l'autre pieu avec ses frères.

Le pays était beau, disaient-ils. Il y avait des bois, et des champs. Tout était vert, car l'année avait été humide. Les anciens, qui étaient arrivés avant nous, nous indiquaient où il fallait aller, comment visiter la région. On faisait des promenades; on allait par le bois et on revenait par les champs; on rencontrait les autres qui étaient allés par les champs et revenaient par le bois. Quand il pleuvait, papa faisait la belote avec deux autres cloches, également en vacances. Les gosses jouaient à des jeux cons. Les femmes, à l'autre bout de la table, parlaient de leurs ventres.

« En tout cas on se repose. Et puis il y a de l'air, disaient-ils. Pour les enfants. »

Je ne me souvenais pas d'avoir manqué d'air à la Cité. En tout cas pas au point de me faire chier tellement pour aller en chercher ailleurs.

Quel malheur qu'on ne m'ait pas donné de devoirs de vacances ! Des arbres à planter en quinconce le long d'allées qui se croisent. Des fontaines remplissant des bassins. Des conjugaisons. Le verbe s'ennuyer, si difficile : où met-on le yi ?

J'essayai de m'en inventer; mais ça ne marchait pas; les devoirs, ça doit être obligé, sinon c'est plus des devoirs, c'est de la distraction, et comme distraction, les devoirs c'est barbant.

« Promène donc Nicolas tiens, qu'on ne soit pas obligé de le traîner. »

Nicolas et moi, on ne trouvait même rien à se dire, je ne sais pas pourquoi, parce qu'enfin à Paris, il n'arrivait pas tellement de choses non plus si on veut bien regarder. C'était peut-être l'air : ils disaient aussi que le Grand Air, ça fatigue.

« Pourquoi on rentre pas à la maison ? dit Nicolas.

— Parce qu'on est en vacances.

— En tout cas on se repose », disait la mère. Elle avait pris l'habitude d'aider à l'épluchage des légumes du déjeuner, généralement des mange-tout, avec un bout de viande. Le dimanche on avait du poulet. Un des hommes commandait une bonne bouteille, que le patron

allait chercher spécialement, et qui fournissait
aussitôt un sujet de conversation, s'il était meilleur que l'autre d'avant, ou non, et de quelle
année il était, et de là quelle était la meilleure
année des dernières, et si cette année-ci où on
était serait bonne selon le soleil qu'il avait fait
et l'eau qu'il était tombé; à cette occasion notre
père montrait une connaissance du pinard dont
il ne faisait pas preuve en ville, à croire que le
bon air lui donnait de l'instruction. D'ailleurs
les autres bonshommes étaient également des
puits de science, ils étaient intarissables sur
n'importe quoi, traitant tous les sujets avec
autorité, chacun tenant à montrer aux autres
qu'il n'était pas un con et qu'il en connaissait
un bout, surtout sur les bagnoles, où on arrivait
toujours quand tout le reste avait été traité, et
dont aucune n'avait de secrets pour eux, l'Aston
et sa direction fragile, la Jaguar et ses putains
d'amortisseurs et l'Alfa avec ses réglages per-
pétuels, la 220 SL ça c'était de la vraie voiture
mais il fallait aller en Allemagne chaque fois
qu'elle perdait un boulon, quant aux Améri-
caines n'en parlons pas c'est des veaux et bref
en fin de compte le mieux c'était encore la
bonne petite Voiture Française, qui réunit le
plus de qualités sous le plus petit volume, et
économique, cinq litres au cent la 4 CV et
tellement pratique avec son moteur derrière
parce qu'on pouvait mettre les bagages devant.

« Oui mais en cas d'accident alors on dé-
gustait, tandis qu'avec le moteur devant on est
au moins protégé.

— On est peut-être protégé, mais le moteur
lui l'est pas, et là où on déguste c'est sur la
facture.

— Vaut mieux déguster sur la facture que
sur la fracture ! »

Rires.

« De toute façon quand on en est à avoir
bousillé son moteur c'est bien rare qu'on n'en
ait pas pris un coup en même temps, alors où
est l'avantage ?

— La Stabilité.

— Ah ! permettez alors pour la Stabilité la
Traction, dit le père.

— On parle pas des grands accidents bien
sûr parce que là bien sûr y a rien à faire, mais
dans les petits chocs alors là avec la 4 CV y a
jamais que de la tôle à redresser.

— On peut avoir aussi des chocs derrière si
vous allez par là.

— Oui, mais alors c'est l'autre qui est dans
son tort et il y a l'assurance qui joue.

— Elle joue aussi dans l'autre sens.

— Pas pour les collisions quand on est dans
son tort.

— Assurance pas assurance, moi si vous vou-
lez mon avis moi j'aime mieux une voiture qui
tient la route, comme la Traction — ça c'était

papa — Avec la Traction dit papa vous avez jamais de pépins. Ça se retourne jamais. Au virage, vous la sentez qui colle à la Chaussée, et plus ça va vite plus elle colle.

— Oui mais vous avez vu ce que ça bouffe comme essence ? Moi avec ma 2 CV je mange 5 litres au cent. Mon voyage ici m'a coûté voyons 5 par 6 attendez ça fait trois cents, non trois mille, je veux dire trente francs. Avouez que c'est pas cher.

— L'économie c'est bien mais la sécurité d'abord, dit papa. Moi avec ma famille j'ai besoin de sécurité, et en plus si je divise par le nombre attendez ça fait, dix par six voyons, oui et divisé par neuf, bref ça me revient pas plus cher.

— Eh bien, je crois que je vous bats ça m'est revenu attendez...

— Vous vous n'êtes que cinq en tout, nous on est neuf. Y a qu'à faire le compte. Et puis où je les mettrais, dans une 4 CV ?

— Sous le capot ! »

Rires.

« Et où je mettrais les bagages ? dit le père. Hein ? Où je les mettrais. Vous voyez.

— Nous on tient à sept dans ma 2 CV, et la sécurité c'est pareil, c'est la traction avant aussi.

— Oui, mais à quelle vitesse vous allez ? »

Pieuchet, de la 2 CV, se crispa : c'était son

humiliation, de ne pas aller vite. Il le savait, et n'y pouvait rien. Sur la route, tout le monde passait devant lui, il arrivait toujours les nerfs à plat et il fallait qu'il dorme un jour entier.

« Moi pour venir ici j'ai mis, enfin j'aurais mis s'il n'y avait pas eu cette saloperie de môme qui nous a perdu bien deux heures, attendez...

— Moi j'ai mis dans les sept heures. Un peu moins.

— J'aurais donc mis cinq heures et demie, si j'avais pu conserver ma moyenne. Hein, c'est pas si mal, non ? »

Il oubliait quand on avait changé la roue, en plus de rabioter sur l'ensemble, mais il avait gagné la course de conversation c'était le principal.

« Peut-être, dit Pieuchet, mais après tout quand on part en vacances on n'est pas pressés. Et en ville, j'ai tous les avantages.

— Pas les Reprises ! intervint Charnier, de la 4 CV. Pas les Reprises ! la 4 CV, c'est la plus nerveuse des voitures. Aux feux, c'est elle qui démarre bille en tête avant tout le monde.

— Oui mais après, moi j'arrive, dit papa. Et je passe.

— Oui, et quand vous tournez, c'est moi qui repasse ! La 4 CV ça se glisse partout, c'est léger, maniable...

— C'est tellement léger que ça se retourne comme une crêpe. Un coup de vent et hop. Sur la route en venant j'en ai vu deux dans les champs, les pattes en l'air, dit Pieuchet.

— On est pas obligé de faire l'andouille, dit Charnier.

— Un coup de vent, et hop ! dit Pieuchet, ravi.

— La 2 CV c'est du vrai carton, y a qu'à y mettre le doigt pour faire un trou. Dit Charnier.

— Tiens, vous essaierez pour voir. On verra qui c'est qui fera le trou le premier.

— La Traction, c'est du solide, dit papa. Un tank.

— Ça ne braque pas, jeta Charnier.

— Bien sûr faut pas une fillette pour la manier, dit papa. C'est une vraie machine, pas un jouet. Une voiture d'homme. Et ça arrache. Même en côte.

— En côte la 4 CV est imbattable.

— Sauf par la Traction !

— Si vous allez par là les Rolls elles vous doublent comme une fleur.

— On parle pas des Rolls. C'est spécial les Rolls. C'est la voiture de prestige. Nous ici on préfère ne pas faire la voiture de prestige et fabriquer beaucoup de bonnes petites machines, correctes. C'est tellement vrai que les étrangers en achètent plutôt que les leurs.

— Moins. Ils en achètent moins. Ils ont compris, ils se sont mis à en fabriquer.

— Attendez, attendez ! Attendez qu'ils es-

saient ! peut-être qu'ils y reviendront, à nos
Dauphines ! Nos Dauphines elles craignent personne moi je vous le dis.

— Ça, la Dauphine...

— Ça oui...

— Dommage qu'elle soit si cher...

— Oui et pour le prix elle est pas tellement plus spacieuse que la 4 CV alors quand
on est beaucoup...

— La France a jamais fait une meilleure
voiture que la Traction. Vingt ans d'avance
sur l'Industrie automobile mondiale.

— Peut-être, mais on n'en fabrique plus.

— Ça sert à rien de pleurer sur le passé.

— Elles tiennent encore drôlement le coup.

— Y en a de plus en plus qui vont à la
casse, et pour les pièces bientôt ce sera tintin.

— Le cardan. C'est le point faible.

— Ils auraient mieux fait de la moderniser
un peu et de garder leur vieux moteur. La
D S les vaudra jamais.

— Non. Elles ont des pépins.

— C'est des vrais wagons.

— Difficile à manier.

— A garer en ville, impossible.

— Et ça bouffe.

— Ça ne braque pas, dit Charnier.

— On est bien assis, concéda Pieuchet. Dans
la Traction on était mal derrière.

— Une voiture c'est pas un pageot. C'est un

moyen de transport. Grande comme elle est, la
D S en tient moins que la Traction en tenait.
Neuf là-dedans, et à l'aise.

— Au fait, comment vous ferez l'an pro-
chain », dit Pieuchet, à Charnier, en jetant un
regard plein de malice vers sa dame, située
avec les autres épouses à l'autre bout de la
table, de laquelle son ventre en poire la tenait
un peu à distance.

« Surtout si c'est des jumeaux », dit fine-
ment papa.

Tous les hommes pivotèrent, rigolards, vers
les femmes, spécialement celle récemment fécondée.

« Eh, vous croyez que ce sera des jumeaux ?
demanda papa, jetant un pont entre les sexes.

— Le docteur dit que ça se pourrait bien,
dit Mme Charnier, tournant vers les géniteurs
sa figure déjà cheval et éclairée du sourire
placide des futures mères.

— Bah ! c'est pas plus terrible que d'en avoir
un, dit la mienne, forte de son expérience. Et
comme ça ça vous fera cinq d'un coup, c'est
avantageux.

— C'est mignon des jumeaux, dit attendrie
l'épouse Pieuchet.

— Je la regretterai, dit Charnier, c'était une
bonne petite bagnole, mais si on est sept je
serai obligé de m'en séparer. Je la regretterai.
C'était une bonne petite bagnole.

— Moi quand j'ai eu les miens, ils étaient tout roses et blonds; des vraies petites miniatures. Et regardez-les aujourd'hui ! »

On ne pouvait pas les voir, car ils étaient dehors, à patauger dans le ruisseau, pour leur élevage de têtards.

« Et qu'est-ce que vous prendrez à la place ?

— Je ne sais pas. Je me tâte. Peut-être une 2 CV.

— Ils me les ont perdus pendant six mois, et quand ils nous les ont rendus... » la mère baissa la voix en vue sans doute de confier aux bonnes amies le lourd secret de la substitution; les têtes se penchèrent.

« Prenez donc une Traction, c'est ce qu'il y a de mieux. Finalement. Si c'est cher de consommation au moins c'est pas cher à l'achat, et l'un dans l'autre on s'y retrouve. Finalement. Croyez-moi. Prenez une Traction.

— Oui, mais faut encore voir sur quoi on tombe. C'est ancien maintenant.

— Ah ! ça. Faut s'y connaître, dit papa.

— Quand j'ai vu ma petite fille toute nue au milieu des blocs de glace, j'ai poussé un cri terrible, Mon Dieu j'ai dit mais ils vont me la tuer ! c'est le seul moyen de la sauver m'a dit le médecin, et en effet. »

Les regards féminins se tournèrent vers Chantal, dans le coin de la fenêtre, qui jouait avec la petite Pieuchet à habiller et déshabiller et

rhabiller et redéshabiller une poupée en ga-
zouillant bêtement. Se voyant l'objet de l'attention elle sourit et rappliqua dans les jupes, en
racontant gravement que la poupée avait fait
pipi dans sa culotte et qu'il avait encore fallu
la changer.

« C'est comme Catherine, expliqua ma mère
aux autres conasses, à son âge penser que ça
lui arrive encore. Au fait, où elle est ? Josyane,
va chercher Catherine !

— Elle est sûrement dans la grange, dis-je,
sans bouger, car j'avais dégotté un bouquin et
je lisais.

— C'est comme mon petit Daniel, dit la
femme Pieuchet; à trois ans et demi, il faisait
encore au lit, et pas moyen de lui passer. Tous
les matins on le trouvait mouillé, tous les
matins il avait sa fessée, et toutes les nuits il
recommençait.

— Vous ne l'avez pas amené ?

— Nous l'avons perdu, dit la mère avec un
gros soupir.

— Oh ! dirent les autres.

— La leucémie. A six ans.

— Oh !

— On les met au monde, et puis... » Elle fit
un geste des bras comme pour dire qu'ils nous
échappent.

« Ah ! vous l'avez dit.

— C'est notre vie, à nous les femmes.

— Et pourquoi tant de souffrances, on se le demande. »

Elles firent un instant silence, pour méditer.

« Josyane, je t'ai pas dit d'aller chercher Catherine ? »

Le bouquin était sur une orpheline qui s'était fait planter un môme par un duc, et elle s'apercevait que c'était son frère, du moins c'est ce que j'avais compris, en tout cas c'est ce que lui révélait la duchesse, et elle s'enfuyait dans les bois avec son précieux fardeau, et là il arrivait un bonhomme, le garde-chasse de la duchesse, qui n'avait qu'un bras, et j'aurais bien voulu savoir ce qu'il allait en faire. En tout cas ça me barbait d'aller chercher Catherine, et de me mettre en quête de sa culotte qu'elle avait probablement enlevée, c'était le truc qu'elle avait trouvé pour cacher qu'elle avait fait pipi dedans, elle l'enlevait et elle la planquait; puis elle s'asseyait devant une porte pour se faire sécher, et tous les garçons qui passaient regardaient. Quand je voulais la retirer de là elle me filait des coups de pieds. Pour retrouver la culotte c'était plus facile, parce que dès que je m'approchais de l'endroit elle se mettait automatiquement à brailler; heureusement sinon la mère râlait, car les culottes sont chères.

« Il pleut, maman, elle s'est sûrement abritée dans la grange.

— Quel sale temps, dit l'enceinte.

— Mais non il ne pleut pas, minauda Chantal, pour m'emmerder.

— Tiens oui ça s'est arrêté, dit un des pères, venu sur la porte et ayant tendu la main dehors.

— On va pouvoir aller faire un tour alors.

— Je ne sais pas si c'est prudent, dit le père qui s'était entièrement sorti, et observait le ciel d'un œil critique. Ça va retomber d'une minute à l'autre.

— On n'a pas eu de veine cette semaine, qu'est-ce qu'il est tombé. La semaine dernière c'était mieux. On a eu beau temps tout du long, dit Pieuchet, qui était arrivé avant nous, et aimait avoir l'air plus verni que tout le monde.

— Tout du long, tout du long, dit Charnier, faut pas exagérer. Il a plu.

— Il a plu un peu.

— Il a plu pas mal, dit Charnier.

— Moins que cette semaine-ci, dit Pieuchet. Cette semaine-ci ça n'a pas arrêté.

— Mardi il a fait beau.

— Une éclaircie, dit Pieuchet.

— Une éclaircie toute la journée, dit Charnier. Il a fait beau.

— Il en est tombé dans l'après-midi, dit Pieuchet : on était aux carrières et on a dû se mettre sous une grotte, je me souviens.

— Une averse, dit Charnier, une simple

averse, cinq minutes après c'était sec. On était
au village je me rappelle, on n'a même pas eu
le temps de finir notre verre, le soleil était
revenu.

— C'est l'année dernière qu'il a fait beau !
intervint Mme Pieuchet. Tu te souviens ? On
était à Lancieux. Quel bel été !

— Ce qui console c'est que cette année en
juillet ça n'était pas mieux.

— C'est un été pourri.

— C'est bon pour les récoltes, dit Charnier.

— Pas forcément. Pas pour tout. « Pluie
d'août, mauvais moût. »

— Ah !

— C'est les pluies de printemps qui sont
bonnes pour la culture. Pas celles d'été. »

C'était papa qui s'exprimait ainsi. J'aurais
pas cru qu'il s'y connaissait là-dedans non plus.

« Tiens, ça remet ça vous voyez.

— C'est qu'un grain. Ça ne va pas durer. La
pluie ne fait pas de bulles quand elle tombe.
Quand la pluie ne fait pas de bulles quand
elle tombe, c'est que ce n'est qu'une averse
passagère.

— On dirait que c'est un peu plus clair là-
bas, vers le transformateur.

— Ça va peut-être s'arranger.

— Je vous le disais bien. »

Le piquet de la météo se tenait sous l'auvent,
observant la marche des nuages. Ils calculèrent

d'où venait le vent. De l'Est-Sud-Est. C'était
bon, ça allait sûrement s'arranger.

« Ce que j'aimerais vous voyez, c'est trouver
une bonne 203, dit Charnier, rêveusement, le
nez au ciel. Pas trop neuve, mais bonne.

— Peugeot il faut dire, c'est la bonne Mécanique française...

— Cent mille avant la première réparation...

— Et les pièces, presque pour rien.

— L'ennui, c'est le prix. Même vieille.

— En quatrième, le Freinage est ardu.

— Mais non, c'est des histoires !

— Elle a un Châssis.

— Mais non elle a pas de Châssis.

— Si, je vous le dis, elle a un Châssis.

— Mais non elle a pas de Châssis.

— Quand même.

— Oui.

— On en tape une en attendant ? »

Ils refluèrent vers le 32.

« En tout cas, on se repose. »

Je me demande pourquoi on ne nous faisait
pas une piqûre qui nous ferait dormir pendant
le temps du congé, ça nous reposerait encore
mieux et au moins on n'aurait pas l'emmerdement de s'en apercevoir. Ça, ça serait des vraies
vacances.

Un jour on alla visiter le barrage. Les hommes étaient en extase devant le béton, la quan-
tité qu'il en avait fallu pour retenir toute cette

eau, et le travail que ça avait exigé; Charnier demanda aux gardiens s'ils étaient sûrs que c'était solide. Je connais rien de plus triste qu'un barrage, sauf peut-être un canal, on en visita un aussi. Tous les jours on cherchait quelque chose à visiter. Les femmes tricotaient des pull-over pour l'hiver, qui en somme n'allait pas tarder. Après déjeuner, les hommes racontaient des histoires cochonnes. Finalement le garde-chasse recueillit la pauvre orpheline, et lui révéla que c'était elle en réalité la véritable héritière du château, dont la duchesse-mère s'était emparé indûment grâce à une substitution d'enfants au berceau, mais l'orpheline avait un signe sur la poitrine que le garde-chasse finit par découvrir, en fait elle s'était mépris sur ses intentions. L'héritière épousa le duc-fils, qui du coup n'était plus son frère, et ils eurent beaucoup de petits ducs. Enfin on reparla de rentrer. La conversation se mit sur le boulot, chacun racontait le sien, on comparait les avantages et les inconvénients ; ça s'animait. Dommage que ce soit fini on commençait vraiment à s'y mettre, hélas ! les meilleures choses n'ont qu'un temps. D'ailleurs dans le fond on aime bien retrouver son petit chez-soi. On est content de partir mais on est content aussi de revenir.

Les nouveaux débarquèrent pendant qu'on chargeait les paquets. Ils furent d'entrée affranchis sur les coutumes de la maison, l'heure des repas, comment ne pas braquer la patronne, où aller se promener; comme ça ils se sentirent tout de suite moins dépaysés.

Il y avait un petit garçon, dont l'air dégoûté me plut. Dommage, on aurait pu s'ennuyer ensemble. En partant je lui dis : « Qu'est-ce qu'on s'emmerde ici tu vas voir. » Histoire de lui donner du courage, il n'y a pas de raison.

On embarqua; ils se firent des grands adieux, ils se regrettaient, ils étaient copains comme cochons; ils échangèrent les adresses, il faudrait se revoir à Paris, ne pas se laisser tomber. La joie de la séparation. Tout le monde était sur le seuil pour nous voir partir, les vieux agitaient les bras par les portières. Patrick était dans le fond, couvert de bleus, les types du coin lui avaient présenté la facture en bloc juste avant le départ, à cinq contre un; les jumeaux surveillaient leurs têtards dans une bouteille; Chantal se prélassait dans le pull-over que la mère lui avait fait. On démarra, en broutant, sans que Patrick l'ouvre.

« Et voilà, dit le père, filant sur la route. En voilà encore une de tirée.

— Eh oui », répliqua la mère.

On roula. On était silencieux. On rentrait. Finies les vacances. Heureuse, je voyais défiler les platanes. A mesure que Paris approchait mon cœur dansait.

Guido n'était plus là.

IV

J'en ai attendu des 115 ! J'en ai attendu. J'en
ai regardé descendre des types, de ces foutus
bus. Longtemps après que je n'y croyais plus,
j'y croyais encore — ou alors qu'est-ce que je
faisais là, qu'est-ce que j'attendais si je n'attendais rien ? Justement ils avaient mis un banc;
c'était sans doute pour moi, pour que je me
repose un peu, le découragement ça fatigue.
Il y avait des soirs, je ne pouvais plus porter
les bouteilles. Je ne pouvais plus les porter.
Elles me seraient tombées des mains.

Je m'asseyais sur le banc. Je n'y croyais plus.
Je regrettais. Je regrettais, je regrettais, je regrettais.

C'était encore presque l'été; ici, c'était beau
la nature; il y avait des étoiles. En renversant
la tête je les voyais. Là-bas je n'y avais seulement pas pensé.

J'allais dans la petite rue, où j'étais allée avec
Guido. Mais ça ne m'avançait à rien. Il y avait

un trou à côté de moi, où Guido aurait dû être.

Quelques baraques avaient encore été démolies, des allées coupées, des jardins effacés. Les endroits changent vite ici. Avec le bulldozer pas de problèmes; un jour il arrive et le lendemain on ne reconnaît plus rien.

J'allais traîner dans les grands blocs, en face, où Guido habitait; on avait mis partout des pelouses régulières, entourées de grillages pour que les mômes n'y cavalent pas, on avait planté de jeunes arbres également dans des grilles pour que les mômes ne les massacrent pas; comme ça ça leur faisait un Espace Vert, qu'ils le veuillent ou non. Ce que je me demande c'est pourquoi on ne fout pas plutôt les mômes dans les grillages et les arbres en liberté autour. La maison du vieux était partie, avec sa vigne — Guido m'avait dit que c'était une vigne — et à la place il y avait un rang de lampadaires vert pomme.

Le panneau « Foyer du Bâtiment » n'était plus là, sur le dernier bloc, on n'entendait plus chanter en italien par les fenêtres, on ne voyait plus les gars, le torse nu, en train de se raser, ils n'étaient plus sur les balcons, à six heures, à appeler les filles; à la place il y avait des couches qui séchaient. C'était fini. Guido était parti parce que les maisons étaient finies c'est tout.

Le soir les fenêtres s'allumaient et derrière il

n'y avait que des familles heureuses, des familles
heureuses, des familles heureuses, des familles
heureuses. En passant on pouvait voir sous les
ampoules, à travers les larges baies, les bonheurs
à la file, tous pareils comme des jumeaux, ou un
cauchemar. Les bonheurs de la façade ouest
pouvaient voir de chez eux les bonheurs de la
façade est comme s'ils s'étaient regardés dans
la glace. Mangeant des nouilles de la coopé.
Les bonheurs s'empilaient les uns sur les autres,
j'aurais pu en calculer le volume en mètres
cubes, en stères et en barriques, moi qui aimais
faire des problèmes.

Le vent soufflait sur le plateau d'Avron, entre
les blocs comme dans les canyons du Colorado,
qui n'est sûrement pas aussi sauvage. Au cré-
puscule, au lieu des coyotes hurlaient les spea-
kers pour nous dire comment avoir tous les
dents blanches et des cheveux qui brillent,
comment être tous beaux, propres, bien portants
et heureux.

Moi le bonheur, ça me tue. Je pleurais. Je
ne sais même pas si c'était Guido que je pleurais. Ou alors à force de dire que c'était un
Martien, j'avais fini par pleurer la planète Mars
et tout ce que j'avais mis dessus, et qui n'était
pas sur celle-ci. Je marchais au milieu des blocs
et je pleurais.

Ces blocs, c'était quelque chose d'extraordinaire. Je ne sais pas où il faudrait voyager dans

le monde pour trouver quelque chose d'aussi
extraordinaire. Je suis sûre que les déserts, ce
n'est rien à côté.

« Tao est parti Nicolas. Il est retourné sur
Mars. Il en a eu assez. »

Le soir je pleurais dans mon lit. Ces temps-ci
je pleurais tout le temps, je ne sais pas ce que
j'avais, c'était peut-être l'âge.

« Pleure pas Jo. Je veux pas que tu pleures.
Je casserai toute la baraque. »

Nicolas m'entendait pleurer, il se levait et
venait me consoler.

« Je tuerai Patrick. Je tuerai tout le monde.
Tao reviendra.

— Il n'y a pas que Tao, j'en ai ma claque.

— Je les tuerai tous. Je jetterai une bombe
atomique et je démolirai toutes les baraques.
Pleure pas. On ira sur Mars. Quand je serai
grand, tu seras ma petite sœur.

— Heureusement que t'es là. Toi tu comprends tout, tu as une âme.

— J'ai une âme rouge. Le soir je la sens, ici.
Elle me brûle. »

Nicolas partit au prévent. Sa cuti était posi-
tive. Pourquoi lui ? Pourquoi pas Chantal, puisque c'est elle qui toussait ? Ce n'était pas juste.

« D'un côté, commenta la mère, ça fera une
place pour le bébé, je me demandais bien comment on s'arrangerait pour les lits. »

Elle arrivait dans son huitième mois. On n'avait pas de quoi acheter un nouveau lit, et les hamacs c'est dangereux, on avait lu dans le journal cette petite fille qui était tombée de son hamac parce que ses parents n'avaient pas de quoi lui acheter un lit. Elle était tombée pendant que son père regardait par la fenêtre dans le parking sa bagnole dans laquelle il n'avait même pas de quoi mettre de l'essence.

« Et si des fois Nicolas ne mourait pas par hasard on ne sait jamais, comment tu feras quand il reviendra ? criai-je, furieuse.

— A ce moment-là on verra. On a le temps d'y penser.

— T'as raison, peut-être qu'après tout le bébé sera mort-né, comme l'autre d'avant, dis-je d'une voix douce, en finissant d'essuyer l'assiette. Faut jamais se biler d'avance. »

La mère, ne sachant pas si c'était du lard ou du cochon, me regarda en coin pour se faire une opinion, mais j'avais pris un air con, et une autre assiette, et elle ne put pas se la faire. Concernant les enfants dans son ventre elle était assez sensitive.

Moi j'étais de plus en plus teigne. Nicolas me manquait, et j'avais peur qu'il meure; c'est toujours ceux-là. Et ça m'énervait d'attendre un autre bébé, je me demandais quel genre de cloche ça allait encore être, et de quelle manière il allait s'y prendre celui-là pour m'em-

merder, sans parler des couches qui étaient cou-
rues d'avance, car avec tout le progrès on n'est pas
encore arrivé à faire des enfants qui chient pas.

Les vieux étaient contents. Quand on est sept
autant être huit, carrément. Ils allaient pouvoir
continuer les traites de la voiture. Ils n'auraient
pour rien au monde voulu la lâcher, d'autant
que les Mauvin venaient de s'en payer une
plus neuve, et en plus ils avaient un mixeur
et un tapis en poil animal.

« Et mon frigidaire, il est là! » proclamait
Paulette en se tapant sur le ventre à la coopé
devant les autres bonnes femmes.

Nous pour le frigo il nous faudrait au moins
des triplés d'un coup. La mère jeta à sa rivale,
qui avait cinq semaines d'avance sur elle, un
regard mauvais.

« Et j'irai jusqu'à la machine à laver !

— Nous la machine à laver on l'a déjà, se
revancha la mère. Depuis longtemps. Je trouve
que c'est la première chose dans une maison.
Pour le linge, précisa-t-elle.

— Moi mon mari il ne supporte que la qua-
lité, dit Paulette, invaincue. On préfère ne pas
se presser, mais avoir du bon. »

Elle faisait allusion à notre sacrée vieille
machine, toujours déréglée, et qui a une fois
pissé dans son plafond.

Lâchement, la mère se retourna contre le
destin.

« Moi si mon avant-dernier était pas mort
à la naissance, et si j'avais pas eu cette fausse-
couche au départ qui m'a laissé des mois patraque et d'ailleurs je m'en suis jamais vraiment
relevée, on aurait tout aujourd'hui, et peut-être
même on aurait eu le Prix.

— Ben moi j'en ai eu trois de mort-nés ! dit
Paulette. Et vous voyez, je suis encore là ! Et
je peux encore servir », dit-elle avec son grand
rire sain.

Une jeune mère de seulement trois enfants,
qui n'attendait son quatrième que pour le
printemps, regardait ses aînées avec admiration,
en rêvant d'entrer dans la carrière.

« Vous en faites pas madame Bon, lui dit
l'épicière, ça vient petit à petit, sans qu'on s'en
aperçoive. »

Il entra une autre enceinte qui se mit aussitôt
au diapason. Je me reculai dans les cageots. Y
avait plus où se mettre dans la boutique, en ce
moment le matin à la coopé c'était un vrai
concours de ballons, cette Cité c'est pas de
l'habitat c'est de l'élevage. Et sensibles avec
ça, fallait pas les effleurer, avec leur précieux
fardeau, elles auraient écrasé tout le monde,
et surtout que moi à ce moment-là je leur arrivais à l'estomac, je voyais plus que ça dans le
paysage et je risquais à tout moment d'être
aplatie entre deux cloques.

Paulette fraya un passage à la sienne parmi

les autres, et sortit pleine de dignité le ventre en avant avec son frigidaire dedans, et derrière la machine à laver qui trépignait en attendant d'être fécondée.

Elle eut un garçon. Elle ne faisait que des garçons, et elle en était fière. Elle fournirait au moins un peloton d'exécution à la patrie pour son compte; il est vrai que la patrie l'avait payé d'avance, elle y avait droit. J'espérais qu'il y aurait une guerre en temps voulu pour utiliser tout ce matériel, qui autrement ne servait pas à grand-chose, car ils étaient tous cons comme des balais. Je pensais au jour où on dirait à tous les fils Mauvin En Avant! et pan, les voilà tous couchés sur le champ de bataille, et au-dessus on met une croix : ici tombèrent Mauvin Télé, Mauvin Bagnole, Mauvin Frigidaire, Mauvin Mixeur, Mauvin Machine à Laver, Mauvin Tapis, Mauvin Cocotte Minute, et avec la pension ils pourraient encore se payer un aspirateur et un caveau de famille.

Nous on eut une fille. On panachait. Ils l'appelèrent Martine, en souvenir de cette patate de Martine Pieuchet des vacances qui passait sa vie à déshabiller des baigneurs et à leur faire faire pipi par un petit trou. La gosse avait l'air normale. Il fallait attendre. Je me dis qu'avec un peu de veine d'ici dix ans elle pourrait me relayer. Je repassai avec soulagement la queue de la poêle à la mère. Quand elle n'était pas là ils avaient des exigences de seigneurs. Le père voulait de la soupe passée et un pli à son pantalon. Je sais pas pourquoi il voulait un pli à son pantalon spécialement quand sa femme était en train d'accoucher. Il ne courait pas papa; tout juste s'il restait un peu plus tard quand elle était pas là, pour l'apéro; mais rien de trop; il ne buvait pas non plus papa, du moins pas comme il y en a, qui sont des exceptions, on les connaît dans la Cité; papa quand il avait un coup de trop il était juste un peu plus abruti que d'habitude, ça ne se voyait pas; même quand sa femme n'était pas à la maison et qu'il se laissait un peu plus aller, se sentant libre, forcément, il ne nous cognait pas plus; seulement il se sentait le maître; avec elle il était plus modeste, car elle lui faisait aussitôt remarquer qu'avec ce qu'il apportait, et la vie qu'elle avait avec nous, et sa santé, et elle se mettait à enfiler un tel chapelet qu'il en perdait l'envie de recommencer la prochaine.

Dès qu'elle rentra Chantal tomba malade; elle dit qu'elle avait mal à la gorge depuis huit jours et que je ne l'avais pas soignée; en effet chaque fois que je lui faisais râper du gruyère elle avait mal à la gorge; je mettais du râpé dans tout, et je leur donnais à manger rien que des trucs qu'ils n'aimaient pas, on se distrait comme on peut. Aussi étaient-ils toujours très contents quand la mère rentrait à la maison, le nouveau bébé sur les bras.

En tout cas elle avait eu raison de ne pas se biler, tout s'arrange toujours, le problème des lits se régla tout seul; quand Nicolas revint du prévent Catherine était aux Arriérés. Il avait fallu l'y mettre, l'école ne voulait pas la garder, elle n'entravait rien, et faisait tout un tas de conneries qui troublaient le déroulement des classes ; en plus ils s'étaient aperçus qu'elle était à moitié sourdingue, non seulement elle ne comprenait rien mais elle n'entendait même pas. On lui fit des tests, la docteuresse des Allocations la regarda une demi-heure et dit qu'elle avait un âge mental de quatre ans, que ça coûterait très cher de la rattraper, c'était un traitement long et onéreux qu'on ne pourrait pas assumer, et en tout cas la gosse ne serait jamais capable de gagner sa vie, et qu'il n'y avait qu'à la mettre tout simplement dans un bon Asile où on n'aurait plus jamais à s'en occuper. Au suivant.

« C'est tout de même bien fait leur truc dit la mère, en un rien de temps ils vous expédient ça. »

Il paraît que cette docteur-là dans sa matinée elle en avait envoyé quatre comme ça à la poubelle.

Ils l'emmenèrent tous les deux, les parents, là-bas. Ils lui avaient caché où elle allait, pour un coup le mot Arriéré n'avait pas été prononcé, et le voyage était présenté comme une partie de plaisir. Mais Patrick se fit une joie de vendre la mèche au moment du départ; ça le transforma en un bel enfer. Arrachée aux meubles, un par un, Catherine hurlante fut traînée à peu près sur le ventre jusqu'à la voiture, ameutant les deux rangées de blocs; les bonnes femmes. s'étaient mises sur les portes avec des airs outrés, une parla tout haut d'appeler la police : elles ne supportaient pas qu'on touche à un cheveu d'un enfant des autres; il faut le dire d'ailleurs il y avait très peu d'Enfants Martyrs dans notre Cité, avec ces murs à travers lesquels on entendait tout un bourreau d'enfants n'était pas long à être repéré et dénoncé, l'Assistante se mettait en branle, et tout rentrait rapidement dans l'ordre; et si ce n'était pas à la Cité c'était à l'école, les maîtresses étaient à l'affût des cas; une fois on avait eu une petite fille martyre dans la classe, la maîtresse essayait de la cuisiner, la môme n'osait rien dire; elle était couverte de bleus. Finalement ils arrivèrent à la faire avouer, sa photo parut dans le journal, et elle alla bel et bien à l'Assistance. Les gosses maintenant sont tout de même mieux protégés.

Bref dans notre cas l'Assistante arriva pour aider les parents, et les bonnes femmes comprirent que c'était régulier. Catherine hurlait qu'elle ne voulait pas aller aux Arriérés, elle avait tant crié qu'elle n'avait presque plus de voix, elle s'était tant agrippée qu'elle n'avait presque plus de forces; si elle était dingue, elle savait au moins où était son intérêt. Elle se tenait encore aux pare-chocs. Mais maintenant ils étaient trois contre. On l'enfourna, je vis une dernière fois sa vilaine figure, c'est vrai qu'elle n'était pas belle la pauvre môme, toute bouffie, et marbrée de cambouis et de larmes, elle essayait de sortir par la fenêtre, on remonta la vitre. Elle trouva la force de pousser un cri avant que ce soit fermé. L'innocente appelait son frère. La voiture démarra, partit, disparut. Je me mis à pleurer. A un mètre de moi je vis Patrick, la tête haute; il se détourna de la grille, et, les mains dans les poches, partit en sifflotant. Je me retournai sur lui si sec qu'il ne vit rien venir, et d'un seul mouvement je lui en filai un grand coup dans la gueule. Il venait de loin celui-là. Il se rebiffa, les jumeaux lui rentrèrent dans le chou, et Chantal voyant que ça se présentait bien me pinça. Je l'envoyai rouler d'un coup de pied. Le gardien arriva pour nous séparer.

« Si c'est pas malheureux, dit une bonne femme, à peine les parents le dos tourné.

— Je vous emmerde, répondis-je, c'est pas vos oignons.

— Allez vous faire bourrer », précisa Patrick, et là il n'avait pas tort.

Sa bouche saignait, je lui avais cassé une dent je ne sais pas comment, un miracle. Il garda le trou, et ça me faisait toujours plaisir à voir. Après tout c'est le seul souvenir qui nous resta de Catherine.

Le soir il y eut une séance, à la suite du rapport du gardien et du constat des dégâts vestimentaires, toujours mal supportés. Le raccommodage de toute façon c'était pour moi.

« On s'esquinte pour cette vermine, dit le père, et on n'en a que des emmerdements.

— C'est ce con-là qui a dit à Cathy qu'elle allait aux Arriérés, dirent les jumeaux.

— Vous, dit Patrick, tout ce que vous avez à faire c'est de la boucler et de dire merci quand on vous met quèque chose dans votre assiette. » Il zozotait, à cause de sa dent. « Vous n'êtes même pas de notre sang, dit-il.

— Ton sang tu peux te le foutre au cul », dirent les jumeaux, et le plus près du père reçut une baffe mais s'en foutit, car ils avaient la peau dure.

« Tu peux le bouffer en salade, relaya l'autre, situé plus loin du père, c'est du sang de navet », et il reçut la sienne de la mère, qu'il voisinait malheureusement.

Là-dessus le père et la mère échangèrent un long regard. Je connaissais l'histoire. J'avais cru comprendre à des allusions grosses comme des maisons qui leur échappent par-ci par-là parce qu'ils nous croient toujours trop bouchés pour comprendre, qu'ils avaient entrepris une espèce d'enquête pour Substitution d'Enfants, dont il y avait tellement d'exemples dans les journaux, ça les avait encouragés. Ils voulaient récupérer leurs beaux bébés blonds et roses, tels que la mère les voyait dans son souvenir maintenant, et Dieu sait ce qu'ils étaient en réalité, moi à leur place je me serais méfiée, j'aurais gardé ceux-là qui au moins n'étaient pas crétins, c'est déjà ça. Mais on les traitait partout de bicots, et ça vexait les parents, d'autant que ça se pouvait bien que ça soit vrai; eux d'ailleurs s'entendaient bien avec les petits arabes, à force, et aussi pour emmerder la bande à Patrick, qui était toujours en bagarre avec eux. Ça faisait des histoires avec les autres familles, les parents en étaient gênés à la fin, ils en avaient marre de ces jumeaux-là, ils auraient voulu en changer.

Les petits se rendaient compte de quelque chose eux aussi, ils n'étaient pas sourds. Ils se mettaient de plus en plus à part, et devenaient hargneux.

Giflés, ils se marraient en regardant Patrick, dont la lèvre justement, grâce à moi, saignait, laissant échapper le précieux sang des Rouvier.

« T'es pas beau t'es moche t'as plus de dents tu louches... »

Patrick amorça un lever de chef; le père le rassit d'une main ferme et douce.

« Laisse-les », dit-il méprisant ceux qui n'appartenaient déjà plus au monde. Je savais que toute la question était de retrouver les vrais avant de lâcher ceux-là, pour conserver le chiffre, et si les autres étaient morts c'était embêtant. « Et vous, taisez-vous ! ajouta le père, plus rude, à l'intention des jumeaux. Je vous conseille de ne pas faire trop les malins. »

Ils se turent. Ils sentaient le vent. Il y eut un silence complet, ce qui n'arrivait jamais chez nous; tous instinctivement on regarda autour dans la pièce, qu'est-ce qui manquait donc ? Catherine. On n'entendait pas son rire idiot, comme chaque fois qu'il y avait une scène. Ça faisait un vide. Je dis d'un ton neutre :

« Un ange passe. »

La mère alla chercher les nouilles, ils tendirent leurs assiettes. Je dis :

« C'est comment, cet asile ? »

Ils firent des bruits vagues, des haussements d'épaules, et le père pivota pour ouvrir la télé, qu'il avait oublié de mettre dans le feu de l'action; l'image dansota, il n'arrivait pas à régler. Je dis :

« Peut-être qu'elle ne vivra pas... »

Personne pipa. Le père actionnait les boutons. L'ange repassa. Il faisait les cent pas. Je dis :

« Ça vaudrait mieux pour elle.

— Ah ! merde, dit le père, qu'est-ce qu'il a ce machin ?

— Le potentiomètre, dit Patrick. Faut le pousser plus.

— Qu'est-ce qui veut encore des nouilles ? dit la mère. Chantal, tu ne manges pas ?

— J'ai pas faim, dit Chantal, j'ai mal là », dit-elle en désignant sa poitrine et en commençant une quinte; elle dit que je lui avais envoyé mon pied dans les poumons. Mais moi je savais bien que je lui avais collé dans le ventre.

Quand elle eut fini de tousser, je dis :

« Si elle mourait, Catherine, on ne toucherait plus ses Allocations ?

— Ah ! ça va ! dit le père en cognant sur la table. Mêle-toi de ce qui te regarde ! »

Il mit la télé en plein.

Nicolas alla dans le lit de Catherine. La vie continue.

Le printemps arriva. L'été. Puis l'hiver.

J'avais eu mon Certificat du premier coup; manque de pot; j'aurais bien tiré un an de plus, mais ils me reçurent. Je ne pourrais plus aller à l'école.

A l'Orientation, ils me demandèrent ce que je voulais faire dans la vie.

Dans la vie. Est-ce que je savais ce que je voulais faire, dans la vie ?

« Alors ? dit la femme.

— Je ne sais pas.

— Voyons : si tu avais le choix, supposons. »

La femme était gentille, elle interrogeait avec douceur, pas comme une maîtresse. Si j'avais le choix. Je levai les épaules. Je ne savais pas.

« Je ne sais pas.

— Tu ne t'es jamais posé la question ? »

Non. Je ne me l'étais pas posée. Du moins pas en supposant que ça appelait une réponse; de toute façon ça ne valait pas la peine.

On m'a fait enfiler des perles à trois trous dans des aiguilles à trois pointes, reconstituer des trucs complets à partir de morceaux, sortir d'un labyrinthe avec un crayon, trouver des animaux dans des taches, je n'arrivais pas à en voir. On m'a fait faire un dessin. J'ai dessiné un arbre.

« Tu aimes la campagne ? »

Je dis que je ne savais pas, je croyais plutôt que non.

« Tu préfères la ville ? »

A vrai dire je crois que je ne préférais pas la ville non plus. La femme commençait à s'énerver. Elle me proposa tout un tas de métiers aussi assommants les uns que les autres. Je ne pouvais pas choisir. Je ne voyais pas pourquoi il fallait se casser la tête pour choisir d'avance dans quoi on allait se faire suer. Les gens faisaient le boulot qu'ils avaient réussi à se dégotter, et de toute façon tous les métiers consistaient à aller le matin dans un truc et y rester jusqu'au soir. Si j'avais eu une préférence ç'aurait été pour un où on restait moins longtemps, mais il n'y en avait pas.

« Alors dit-elle il n'y a rien qui t'attire particulièrement ? »

J'avais beau réfléchir, rien ne m'attirait.

« Tes tests sont bons pourtant. Tu ne te sens aucune vocation ? »

Vocation. J'ouvris des yeux ronds. J'avais lu dans un de ces bouquins l'histoire d'une fille qui avait eu la vocation d'aller soigner les lépreux. Je ne m'en ressentais pas plus que pour être bobineuse.

« De toute façon dit la mère, ça n'a pas d'importance qu'elle ne veuille rien faire, j'ai plus besoin d'elle à la maison que dehors. Surtout si on est deux de plus... »

On croyait que c'était des jumeaux cette fois.

Tout de suite ce qui me manqua, c'est l'école. Pas tellement la classe en elle-même, mais le chemin pour y aller, et, par-dessus tout, les devoirs du soir. J'aurais peut-être dû dire à l'orienteuse que j'aimais faire des devoirs, il existait peut-être un métier au monde où on fait ses devoirs toute sa vie. Quelque part, je ne sais pas. Quelque part.

Je me sentais inoccupée. Je n'arrêtais pas mais je me sentais tout le temps inoccupée.

Je cherchais ce que j'avais bien pu oublier, où, quand, quoi ?... Je ne sais pas. Au lieu de me dépêcher pour être débarrassée, je traînais : débarrassée, pour quoi ? Le soir, j'étais fatiguée, mes yeux se fermaient, il me semblait ou qu'il n'y avait pas assez de lumière, ou qu'il y en avait trop. Je ne sais pas. Avant, le soir, je commençais à me réveiller, maintenant je tombais. Et une fois au lit, alors impossible de m'endormir. Je versais quelques larmes. C'était devenu une habitude. Je ne savais même pas à quoi penser.

L'hiver passa. Le printemps revint. Le printemps, le printemps...

V

LES Italiens étaient à Sarcelles. Ils construi-
saient de nouvelles maisons. C'est Liliane Bour-
guin qui me le dit. Sa sœur venait de se marier,
ils avaient trouvé un appartement là-bas, il y
en avait. Liliane y était allée. Elle avait entendu
parler des ouvriers. C'était la fable du coin. Ils
habitaient là pour la durée des travaux, dans
des baraquements. Le jour, quand les maris
étaient partis, ils montaient chez les femmes,
qui les appelaient par les fenêtres. En tout cas
c'est ce qu'on disait.

Ça me prit d'un coup. Un retour de mémoire.
Et par de drôles de chemins; c'est ce qui s'était
le plus effacé, qui me revenait. Je ne me souvenais plus que de ça : le bois; ce que Guido
m'avait fait dans le bois. Je ne comprenais pas
comment j'avais bien pu oublier une chose
pareille. Il fallait que je sois tombée sur la tête.
Je me demandais pourquoi j'étais allée chercher
midi à quatorze heures et des histoires de Mar-

tiens et toutes ces salades, quand tout simplement Guido était un homme et ça suffisait
bien, un homme, beau, avec de belles dents,
et pas un « sourire invisible » et dieu sait quoi,
et ce que je voulais c'est qu'il recommence,
ce que je voulais c'était la pure et simple réalité,
on aurait dit que c'était juste pour me cacher
ça que j'avais fait tout ce cirque. Ce qu'on peut
être bête quand on est gosse. Je commençai à
souffrir, et cette fois je savais au juste ce que
je regrettais. Ça n'était plus dans le vague et
la rêverie des beaux crépuscules sur fond de
ciment, et des mélancolies à propos du monde
qui n'est pas drôle, c'était clair comme de l'eau
de roche, à tel point que ça m'en faisait mal au
ventre, d'autant plus que je l'avais sensible
depuis quelque temps, pour cause d'âge.

Toute l'affaire c'était donc comment aller
là-bas, et ce n'était pas du tout commode; c'était
dans une autre banlieue, il aurait fallu prendre
l'autobus jusqu'à la Porte des Lilas, le P C
jusqu'à la Porte Saint-Denis ou Pantin ou La
Villette, ou alors le métro en changeant deux
fois, et là je ne sais plus quoi, ou encore le
métro jusqu'à la gare du Nord et là un train
jusqu'à je ne sais où, d'après Liliane c'était
dans un endroit perdu, bref il y fallait un plein
après-midi aller-retour. J'aurais pu arriver à
gratter le fric pour les tickets, mais le temps ?
Je n'avais pas le temps. Je ne voyais pas com-

ment le trouver. Ce n'est pas qu'on m'en demandait compte. Mais la maison reposait pratiquement sur moi et si je la lâchais seulement une heure elle allait sûrement s'écrouler dans le scandale, et une histoire à tout casser.

Encore dans tout ça je ne comptais pas le temps de chercher Guido comme une aiguille dans une meule de foin au milieu de ce truc de cinquante mille habitants. Je savais ce que c'était que des blocs; notre Cité contenait dans les deux mille bonshommes, et le bastringue en face à peu près le double; de là je pouvais me faire une idée de ce que c'était que cinquante mille. Je pouvais glander dedans pendant cent jours et cent nuits en hurlant à la lune non seulement sans apercevoir un Italien mais encore sans retrouver la sortie.

Je ne pensais plus qu'à ça, et je voyais Guido comme si c'était de la veille, avec ses dents blanches, et mon filet à la main plein de bouteilles, et le scooter ce jour-là posé contre un arbre, et la suite dans tous ses détails, je voyais Guido briller comme un lustre au milieu des cinquante mille ballots de là-bas, et moi piquant droit dessus du premier coup et lui disant Me voilà, emmène-moi je t'en prie ! Je me tournais dans son lit sans parvenir au même résultat même en y mettant du mien et ça ne m'avançait à rien. La solution c'était d'y aller.

Ce qu'il m'aurait fallu en réalité c'était un

scooter. Avec un scooter j'y allais d'une traite, je ne perdais pas de temps. D'abord je pensai à en piquer un au parking; il n'y avait qu'à surveiller les heures où ils les laissaient et les reprenaient. Mais avant il fallait apprendre à m'en servir.

Je regardais les garçons caracoler le soir après six heures à la grille, appuyer sur la pédale, faire du bruit, filer, revenir, faire des cercles. Ce machin-là était rudement pratique. Les uns avaient un vrai scooter, les autres une petite moto, rouge, ou bleue, les plus bêtes avec des franges. Moi des franges je m'en serais passée, pourvu que ça roule. Je les voyais se lancer sur l'avenue, à trois ou quatre, des fois avec des filles en croupe. J'en crevais d'envie; des scooters je veux dire; je les dévorais des yeux. Ces idiots-là naturellement croyaient que c'était à eux que j'en avais, ils faisaient des ronds autour de moi pour me faire voir comme ils étaient fortiches. Moi je regardais les roues, et leurs pieds pour voir comment ils les manœuvraient.

« T'as tapé dans l'œil à Didi, m'informa Liliane, qui, ayant un an de plus que moi, était davantage dans le coup.

— Moi, tapé dans l'œil ?

— Fais donc pas l'étonnée ; après tout, t'as une belle petite gueule dans ton genre, comme si tu ne le savais pas. »

Elle, c'était ce qu'on peut appeler une jolie

fille : des cheveux en chutes du Niagara, roux,
et elle se mettait du fond de teint, et des cein-
tures larges.

« Si seulement tu te coiffais. »

Elle m'attrapa les cheveux à poignée et me
les rebroussa en star.

« Tu vois. »

Je ne pouvais pas voir, on était dans la cour
et il n'y avait pas de glace.

« T'as pas besoin de glace, patate, t'as qu'à
regarder les types qui passent. »

Il y en avait un en effet qui se retournait en
se marrant. Mais c'était sûrement un père de
famille et d'ailleurs il était à pied.

« Je m'en fous, dis-je avec dédain. La seule
chose qui m'intéresse c'est les scooters. »

Néanmoins je me coiffai comme avait dit
Liliane, de toute façon c'était un progrès, pourquoi cracher sur le progrès. Ça ne me faisait
pas du tout souffrir de constater que les types
tournaient la tête quand je passais. Pourquoi se
priver des petites joies de l'existence sous pré-
texte qu'on a une grande idée derrière la tête.

C'est comme ça que je me rapprochai des
scooters finalement. Et quand je fus tout près,
on ne fit pas de difficulté à me laisser monter
dessus, en croupe. Je posais des questions, sur
comment ça marche. J'eus la réputation de
m'intéresser à la mécanique, ce qui, pour une
fille, me posait.

Les garçons avaient deux bras deux jambes
une tête eux aussi. Ça les rendait acceptables.
Dommage qu'ils parlaient. Mais enfin quand
le scooter marchait on n'entendait pas. Tout ce
que je visais c'est qu'on m'apprenne à conduire.
Didi était le mieux disposé, car en effet je lui
avais tapé dans l'œil, ainsi que Liliane l'avait
remarqué. Tout ce que j'espérais c'est que
j'arriverais à conduire avant que les maisons
soient finies là-bas. Je n'étais pas assez bête pour
ne pas savoir que dans le fond j'y serais arrivée
plus vite en me taillant carrément pour une
journée par les transports en commun, quitte
à me faire engueuler en rentrant, mais je
m'étais fourré le scooter dans la tête maintenant
et c'était comme ça, l'un n'allait plus sans
l'autre; on se fait ses petites cuisines et celle-là
m'arrangeait il faut croire, puisque je m'y
tenais.

Le soir on allait au cinéma. Du moment que
la vaisselle était finie les vieux me laissaient
aller au cinéma, ils me donnaient même le fric,
pour ça ils étaient gentils, le cinéma est une
chose qu'ils comprenaient. Après tout je n'avais
plus de devoirs, il fallait bien que je m'occupe,
et le cinéma je dois dire me remplaçait assez
bien les devoirs. J'y serais allée tous les soirs,
et tous les films sans exception me plaisaient;
toute l'affaire c'était que ça défile sur l'écran,
sans une minute d'arrêt. Au cinéma j'étais tou-

jours assise à côté de Didi, et il me pelotait. Tous les types avaient une fille qu'ils pelotaient. J'étais la plus jeune, et la dernière venue; Didi était un môme, il avait quinze ans, je ne le sentais presque pas.

Guido avait de la barbe; sa figure piquait; c'était autre chose.

Didi ne me gênait pas pour regarder le film; au contraire, ça se mélangeait bien, ça allait ensemble; souvent j'oubliais qui c'était; il passait sa main sous mon pull-over, que je portais directement sur la peau. Liliane mettait des soutien-gorge, car elle avait une grosse poitrine.

« Jo n'a rien en dessous, dit Didier, c'est bien plus chouette.

— On peut voir? » dit Joël, en manière de plaisanterie.

Didier voulut se montrer large d'idées, il dit : « Je t'en prie. » Liliane, assise de l'autre côté de Joël, pencha la tête, elle n'avait pas très bien suivi la conversation, que d'ailleurs Joël n'avait pas tellement essayé de lui faire suivre. C'était l'entracte. Joël paya des esquimaux à tout le monde. Quand le noir revint, je sentis la main de Joël, à ma gauche, qui passait aussi sous mon pull-over. Les mains des garçons se touchèrent, ils eurent un rire étouffé. Je loupai complètement le générique et les premières images; ce coup-là ça m'avait vraiment fait quelque chose, je commençais à croire que même des garçons on pouvait espérer.

De ce soir-là, Joël me regarda. Il me regardait au pull-over. Joël avait dix-neuf ans ; somme toute c'était un progrès ; peu à peu, doucement, et par des voies assez détournées je dois avouer, j'avançais vers Guido.

« Dimanche on fait une virée, me dit Joël. Si tu veux en être, tu n'as qu'à te trouver à deux heures à la grille. »

C'était toute la bande des grands, cinq six gars, je les avais souvent vus prendre le départ après le déjeuner les dimanches, avec des filles ; c'était la première fois qu'ils m'invitaient ; je grandissais.

Joël avait profité de ce qu'il était tout seul et moi aussi, pour me demander ça. Mais c'était Didi qui m'emmenait sur son scooter comme d'habitude. A lui j'avais mis comme condition qu'il m'apprendrait à conduire. Je ne perdais pas mon idée de vue.

Ce jour-là, j'appris aussi à danser. Ils s'y mirent tous, chacun son tour ; c'était Joël qui me serrait le plus. On buvait du vin.

A un moment où on était dans un coin de la piste, éloignés des autres, Joël m'attrapa par la main et m'entraîna dehors, jusqu'à sa machine. Avant de monter je lui dis :

« Mais on va revenir ?

— T'en fais pas, me dit-il, pour Didi c'est réglé.

— C'est pas pour Didi, c'est que je veux apprendre à conduire le scooter.

— T'apprendras, m'assura Joël, pour ça t'as rien à craindre t'apprendras. »

Tranquillisée, je montai derrière lui.

Je savais ce qu'il voulait. Du moins le début. Dès qu'on fut couchés sous les arbres dans un coin tranquille il releva mon pull-over. C'est ça qu'il voulait depuis une semaine, et c'était en somme entendu. Il regarda mes seins, les caressa et les embrassa, en me faisant un tas de compliments, que ça le changeait de ceux de Liliane qui étaient trop gros. Quand il se mit à ma jupe, j'eus un instant l'espoir qu'il allait faire comme Guido et c'est pour ça que je le laissai m'enlever tout sans opposer la moindre résistance. Mais aussitôt il se coucha sur moi. J'hésitai quelques secondes, je n'avais pas tellement d'opinion et le temps que j'en cherche une il était pratiquement trop tard et puis zut.

« Gueule pas me dit-il, on pourrait t'entendre. »

C'était raisonnable et je me tus. D'ailleurs ça ne faisait pas si mal que ça. Par exemple c'était beaucoup plus vite fait que je n'aurais cru, j'avais à peine eu le temps de penser à ce que je faisais que c'était terminé, il était debout, il rattachait son blue-jeans.

« Allez on repart. »

Je fis bonne figure. Je ne voulais pas avoir

l'air d'une gourde. La moto ne convenait pas très bien. En descendant, Joël me dit :

« T'es une bonne fille. »

Apparemment les autres ne s'étaient même pas aperçus de l'histoire. Le soir, on mangea des hot-dogs et des frites et on but encore du vin; j'appris aussi à tirer à la carabine, et Joël nous paya des fines : c'est lui qui avait le plus de fric. Et je crois qu'il était de bonne humeur. Moi aussi. J'étais en somme heureuse, enfin ça bougeait un peu dans ma vie et c'était bon, on s'amusait. Ça me changeait du reste.

Pour apprendre à conduire le scooter je n'étais pas très en forme par exemple; mais Didi ne pensa plus à me le proposer. A toute vitesse on fonçait tous dans le bois. On prit une allée, on arriva dans une clairière. Ils avaient l'air de bien connaître l'endroit. On arrêta les motos, on éteignit les phares. On descendit. J'étais avec Didi, c'était comme entendu maintenant. Je ne fis pas de difficultés non plus, de toute façon c'était plus la peine. Et c'était bon d'avoir un garçon sur moi, le seul défaut est que ce soit si vite fini. Mais c'est tout de même la vie.

Après Joël revint. Je ne sais pas où était Didi, et du reste je m'en foutais. On entendait les autres, pas loin; il faisait nuit, on était bien. Joël me dit que j'étais rudement chouette en fin de compte. Il resta avec moi. Je rentrai sur sa moto à lui. Je vis que Pascale était sur celle de Didi, il s'était débrouillé en somme. Je me demandais si Liliane n'allait pas me faire la gueule, mais elle était avec Bob et ils s'embrassaient à plein corps. Tout le monde avait l'air très content, je vois pas pourquoi je l'aurais pas été. C'était une bonne journée. Je n'avais pas appris à conduire mais je n'étais pas inquiète pour ça : j'apprendrais d'ici peu c'est sûr.

J'étais la première à la maison. Les parents étaient à la campagne avec les mouflets, chez la tante. Patrick arriva un peu après moi. J'étais en train de prendre un bain; Liliane m'avait expliqué à ce sujet, sans savoir que ça me servirait si vite; ou bien peut-être qu'elle le savait. J'entendis Patrick remuer sa ferraille et se coucher. J'étais au lit quand le reste rentra, ils avaient piétiné une heure et demie sur l'autoroute, mais je ne dormais pas. J'avais un peu la fièvre, et ça me brûlait. Je ne pouvais pas m'endormir.

Quand Chantal partit à ronfler, Nicolas se leva et vint près de mon lit.

« Tu ne vas pas bien ?

— Mais si...

— Je t'entends bouger, tu respires fort.

— Mais non, ça va bien. J'ai bu un peu de vin.

— Où tu as été ?

— On a été danser au bord de la Marne.

— Tu as été avec les garçons ? » demanda-t-il.

Je ne sais pas s'il voulait dire ce que je voulais dire quand je disais ça. En tout cas qu'est-ce que je pouvais répondre ?

« Oui. »

Il secoua la tête.

« Je suis trop petit, dit-il. Si j'étais grand, tu n'irais pas avec les garçons », et il retourna à son lit sans m'embrasser.

*

Au fond le grand truc ce n'est pas tant ce que ça fait pendant, c'est que ça laisse l'envie de recommencer. J'avais quelque chose à penser, au lieu de rien. Le jour je pensais au soir, et la semaine au dimanche. Ça meuble la vie.

« Alors Josyane, tu rêves ? » disait la mère quand je faisais un truc de travers, ce qui arrivait souvent.

Et comment que je rêvais. Si elle avait su à quoi. En ce moment je m'occupais d'instruire Didi, le plus susceptible de se laisser faire pour ce que je cherchais, et qui était bien précis. J'éprouvais je l'avoue une sensation spéciale à marcher dans les petites allées à la recherche d'un coin bien noir, ma culotte mise d'avance dans mon sac, pensant au moment où j'aurais le garçon là à genoux devant moi, dans l'ombre; oh ! il ne valait pas Guido, Guido faisait ça de lui-même, par goût, on sentait bien qu'il aimait ça, et celui-ci c'était seulement parce que je le forçais, que j'en faisais une condition; mais je m'en tirais; et ce qu'il y avait d'extraordinaire c'était d'être là debout dans l'ombre, la tête libre, le dos bien calé au mur, regardant le ciel, ne voyant que les étoiles quand il y en avait, seule en somme, et là-bas très loin tout en bas le garçon de plus en plus oublié à mesure que le plaisir vient et monte comme si c'était directement de la terre. Ça, ça me transportait. Après je le laissais faire l'amour en vitesse. C'était ça qu'il voulait, lui; ces trois petites minutes à se soulager. Ils sont bizarres.

« Alors Josyane qu'est-ce que tu fous ! regarde tous ces faux-plis que tu m'as faits !

— T'as qu'à le faire toi-même si tu trouves que c'est pas assez bien », et je plantais tout. Il n'était plus question qu'elle me foute des baffes, pas plus qu'à Patrick d'ailleurs, il l'avait avertie : « Celle-là c'est la dernière je te préviens, la prochaine je la rends et t'auras pas le dessus je te préviens. » Elle se l'était tenu pour dit, et n'essayait plus. Qu'est-ce qu'elle y pouvait ? On était trop grands. Et on était le nombre : six contre un, encore sans compter Martine qui en était à se traîner et le petit Pascal qui n'avait pas été des jumeaux mais un seul bébé et n'avait pas encore de dents mais finirait bien par grandir un jour lui aussi, et à devenir une menace. Le père également intervenait de moins en moins dans la bagarre, étant fatigué le soir en rentrant après une dure journée de travail, mais en réalité c'était une façon de se défiler on le savait bien. Ils étaient dépassés par leurs œufs, aussi on n'a pas idée d'en faire tant, le résultat vous pend au nez. Ils ne pensent pas assez à l'avenir. A partir d'un certain âge des enfants, les parents devraient demander un port d'armes, et fonder une milice. Tout le monde en était là dans la Cité, faute d'avoir pris les dispositions à temps, et pourquoi on se serait gênés ? comme disait Nicolas, qui à présent n'était pas le moins dangereux loin de là et en plus des autres avait des idées, comme de mettre de l'encre dans le pinard du vieux, comme disait Nicolas fallait pas nous faire, ou alors fallait nous dire pourquoi.

Donc personne ne demandait d'explications à Patrick sur ses sorties, jusqu'au jour où les flics, qui, eux, sont organisés pour, et outillés, s'en occuperaient eux-mêmes directement; en attendant, dans cette période intermédiaire, les vieux avaient le sentiment que ce n'était plus leur affaire, et ils avaient raison; quant à moi je faisais ce que je voulais sans que personne s'en soucie, comme les copines, sauf Ethel, qui était tenue; mais la famille Lefranc était d'une autre espèce que les nôtres, il y en avait six ou

sept comme ça c'était connu dans la Cité. Le
père Lefranc faisait le porte à porte avec ses
pétitions à la main, sans se décourager, et
d'ailleurs presque tout le monde signait régu-
lièrement de quoi se serait-il plaint. « T'es pour
la Paix bien sûr », disait-il, et bien sûr on était
pour la paix, comment on aurait été contre ?
et le père signait la pétition, et il descendait
laver la bagnole, et Lefranc frappait à la porte
en face. « Ces gens-là c'est un peu comme les
curés », disait le père, un peu apitoyé. On
pouvait voir tous les dimanches matin Frédéric,
le fils aîné, vendre *L'Huma-Dimanche* sur la
place du marché, avec trois quatre copains, en
criant très fort au milieu des bonnes femmes
qui passaient sans faire attention à eux. Je
discutais quelquefois avec Ethel; je l'enviais,
parce qu'elle allait encore à l'école, une école
à Paris; elle travaillait pour être institutrice;
elle aimait ça; elle me dit que c'était dur, il y
avait des devoirs énormes, elle en avait parfois
jusqu'après minuit; mon rêve; mais chez elle
c'était la mère qui s'occupait elle-même des
gosses, d'ailleurs ils n'en avaient que quatre, et
depuis qu'Ethel étudiait on lui foutait complètement la paix avec le ménage, elle n'aurait pas
pu. J'aurais bien voulu être à sa place; mais
être institutrice ne m'aurait pas plu, à cause
des gosses; j'aime pas les gosses. On discuta là-
dessus, elle trouvait que j'avais tort, justement

les gosses il fallait les former et ils devenaient
épatants; les gosses ici ne sont pas formés pour
la plupart, on les laisse courir et on ne s'occupe
pas de les éduquer, je lui dis comment le pour-
raient-ils ils ne le sont pas eux-mêmes ils savent
rien et ils s'en foutent; là-dessus elle était
d'accord. Elle me dit Pourquoi tu ne viens pas
avec nous le dimanche, au lieu de traîner avec
ces types? Elle avait quelque chose d'un peu
méprisant en disant ça, qui me refroidit : de
quoi elle se mêlait? Sur ce terrain on ne se
comprenait pas; elle essayait de me faire de la
morale, mais ça ne pouvait pas prendre : Ethel
était plus intelligente que moi sur des tas de
points, mais la vérité c'est que sur celui-là j'en
savais plus long qu'elle, et qu'à côté de moi,
toute savante qu'elle était, elle n'était qu'une
môme.

D'ailleurs c'était visible rien qu'à sa façon
de se tenir et de marcher, sagement, sans regarder autour, toujours en train de réfléchir en
elle-même; j'étais comme ça avant; maintenant
je tenais le beau milieu des allées, et je regardais
les gens en pleine figure. J'avais le diable dans
la peau en ce moment; j'aurais tout bouffé,
même des pères de famille. Mais sauf exception
ils se contentaient de me jeter des petits regards
furtifs et passaient leur chemin en direction
de bobonne et du fricot et des mômes qui
braillent, ce qui me faisait bien marrer car je

savais ce qu'ils pensaient, je commençais à connaître les hommes. Ils étaient juste trop lâches pour faire ce qu'ils avaient envie.

Je dis sauf exception, parce qu'il y eut une exception, René. Il avait l'œil plus vif que les autres, et plus insistant, toute la question est là, au lieu de fuir, il accrochait, si bien qu'au bout d'un temps il en crevait d'envie c'était visible, et je ne fus pas étonnée quand il m'aborda. Il commença par me dire d'un ton sévère, ou enfin faisant comme si, pour tâter le terrain, qu'il ne faut pas regarder les hommes comme ça. Ou alors il arrive des accidents, menaça-t-il, voyant que je n'avais pas l'air de m'excuser : je rigolais. Et si des fois je ne savais pas ce qu'il voulait dire par là ajouta-t-il avec l'œil de plus en plus allumé il était prêt à me montrer, et tout en parlant il regardait tout autour comme s'il cherchait un endroit pour et là je partis franchement à rire parce que ça chercher un coin discret ici alors ça, c'était du délire, dedans comme dehors on est nu comme un ver et dans le champ de vision de quelqu'un qu'on ne voit pas, surtout qu'en plus ils ont des jumelles pour la plupart. Bref un samedi après-midi il raconta à sa femme qu'il allait au Bazar acheter des outils et on se retrouva marchant dans les fourrés de Vincennes à la recherche du fameux coin tranquille à l'abri des regards indiscrets, qu'il avait l'air de particulièrement craindre,

car j'étais mineure. De nous deux c'est lui qui
avait le plus les jetons, mais il avait encore
plus envie que peur, et me serrait derrière,
m'attrapant de temps en temps et me pressant
contre lui pour me faire voir où il en était rendu.

« C'est que t'es vachement bandante, disait-il.
Tu me rends fou tu sais. Tiens regarde. »

Ça n'était pas une blague. Enfin on trouva
un coin, avec de la belle herbe. Moi j'aime
l'herbe. Il avait de grandes mains larges qui
prenaient tout à la fois.

« Et c'est frais ! Frais comme un bouton de
rose. Ah ! tiens. Tu l'as voulu. »

Je crus qu'il allait m'écraser. Je ne pouvais
plus bouger, j'étais clouée, il était installé de
tout son poids et arrimé à fond.

« Quand je pense que j'ai une fille de ton
âge, quand je pense que j'ai une fille de ton
âge, répétait-il, quand je pense que j'ai une fille
de ton âge », et il n'y mettait pas moins de
cœur.

Je dois dire que j'en eus bien du plaisir, plus
qu'avec les garçons. Peut-être parce qu'il était
plus lourd. Ou que j'étais fière d'avoir un vrai
homme. Pas de doute les garçons c'est encore
très frêle, très léger. Un homme fait plus d'effet.
J'en restais tout amollie.

« Quand je pense que j'ai une fille de ton
âge », me redit-il, après, une fois rhabillés prêts
à rentrer ; mais pas sur le même ton que tout à

l'heure, il me regardait en hochant tristement
la tête.

« C'est malheureux... », ajouta même-t-il.

Merde alors !

On rejoignit la route. J'aurais bien recom-
mencé. Ça devait être l'inconvénient des hommes, par rapport aux garçons, ils ne recommen-
cent pas aussitôt. Il était pressé de rentrer, à
cause de sa femme et du Bazar.

« Tu m'as rendu fou, soupira-t-il, à l'arrêt
du bus. C'était un moment de folie. Un merveilleux moment, précisa-t-il. Merveilleux. De
folie. Mais quand je pense qu'à ton âge déjà, tu
vois ça me bouleverse dans le fond. Je ne sais
pas quoi penser.

— Pense pas, je lui dis.

— Si, justement... »

Il voulait penser. Tout à l'heure dans les
fourrés il n'y pensait pas, à penser.

« Dans le fond c'est terrible. Je m'en veux.
J'aurais pas dû. J'aurais dû prendre sur moi,
puisque toi... mais tu m'as rendu fou. Tu ne
devrais pas regarder les hommes comme tu fais,
qu'est-ce que tu veux c'est ta faute, aussi ! Ils
sont faibles les hommes, ils ne peuvent pas
résister quand une fille les regarde comme tu
fais... »

On monta dans le bus qui nous ramena Porte
de Vincennes, là on prit le 115, je descendrais
devant la maison, lui continuerait, il voulait

essayer d'arriver au Bazar avant la fermeture, de façon à ramener à sa femme n'importe quoi enveloppé dans le papier du magasin.

« Faut que tu me pardonnes. Faut qu'on oublie ça. Hein ? Promets-moi. Promets-moi que tu ne regarderas plus les hommes comme ça. Promets-moi de ne plus faire des choses pareilles. Tu ne sais pas sur qui tu peux tomber. Il y a des salauds. Ils ne sont pas tous comme moi tu sais... Un moment de folie et c'est toute une vie gâchée... Quand je pense que tu as l'âge de ma fille, ça me fait froid dans le dos. »

Avant ça lui faisait plutôt chaud.

J'éprouvais pas le besoin de discuter. J'étais légèrement engourdie. On était de plus en plus entassés sur la plate-forme à mesure que les gens montaient.

« Mignonne comme t'es, ce serait trop dommage... »

Je le regardai avec un grand sourire. Les cahots du bus nous jetaient l'un contre l'autre, je laissais aller, et je sentais qu'il commençait à récupérer. Il leur faut le temps.

« Penser que tu vas aller faire ça avec n'importe lequel... ça me rend enragé... un beau petit corps comme ça. »

Profitant d'un cahot, il me retint. Quand on arriva à mon arrêt il ne lui restait plus beaucoup de morale, il ne disait plus un mot. Je demandai :

« Ta fille c'est Juliette Halloin ? »

J'eus le temps de voir sa gueule se figer. Il murmura quelque chose comme je descendais, du genre « tu ne vas pas... » J'étais partie. Du trottoir, je le regardai, sur sa plate-forme. Il était vert de peur.

Ils sont formidables.

Du reste il ne s'était pas passé trois jours qu'il me refaisait de l'œil; moi je filais. A la fin il me demanda si j'étais fâchée et si je lui en voulais.

« On était pas bien là-bas ?...

— Je ne me plains pas.

— Alors ?... »

Quand est-ce qu'on y retourne ? ne dit-il pas. Ça lui avait repris. Ce qu'il leur faut c'est simplement un petit temps de repos. Je lui dis :

« J'ai suivi tes conseils j'ai acheté une conduite.

— Non ? dit-il, ne sachant comment le prendre, si me féliciter ou quoi.

— Oui, je ne couche plus avec les pères de famille. »

C'est bon un homme mais il y a des limites.

Il était furieux. Il partit les dents serrées, et le reste en bandoulière. Ils sont formidables.

J'étais contente de moi; il y a des plaisirs supérieurs à ceux de la chair.

Mais ce qui me faisait encore plus marrer c'est les bonnes femmes; là je m'en payais; de-

puis que je me baladais dans une jupe de
Prisunic en Vichy formidable que j'avais réussi
à me faire payer, et que j'avais raccourcie au
dernier degré de la mode, elles me faisaient
une sale bobine; je n'étais plus une bonne
petite maman; Dieu sait ce que j'étais; j'avais
entendu une dire à l'autre : « Cette façon
qu'elle a de marcher. » « Ça promet », répondit
l'autre, sans doute pas suffisamment informée;
tout ça assez fort pour que j'entende, afin de
me faire honte. Je ne sais pas quelle façon
j'avais de marcher, en tout cas j'aurais pas voulu
de la leur, on aurait dit qu'elles avaient du
plomb dans le cul, toute leur connerie devait
être descendue là. Bon Dieu ce que j'aimais pas
les bonnes femmes ! comment une chose pareille
peut-elle arriver à exister ? Pourquoi c'est pas
dans les zoo ? Toute la journée ça geint ça se
traîne, ça peut pas faire trois mètres sans se
planter, c'est agglutiné devant le petit com-
merce comme des paquets de moules je suis
polie, se racontant ses malheurs, quels malheurs?
et le soir ça pleurniche que c'est claqué, et
qu'est-ce que ça a donc tant produit je vous le
demande à part de la mauvaise cuisine ? Ça
oblige de pauvres types, qui d'ailleurs ne méri-
tent pas mieux, à s'échiner pour leur acheter
des appareils coûteux et à crédit pour leur
épargner du « travail », disent-elles, que d'ailleurs ça a toujours fait faire pratiquement par

les mômes, et c'est toujours aussi fatigué, à
croire que la fatigue c'est leur seule véritable
profession. Je connais rien de plus inutile sur
la terre que les bonnes femmes. Si. Ça pond.

C'est un drôle de mystère la vie quand on y
regarde.

Bref en tout cas depuis René quand je les
voyais je me régalais; d'une façon je les avais
bel et bien faites cocues, toutes, en allant en
pêcher un dans leur génération et en lui faisant
apprécier la différence. Le père René quand il
s'était retrouvé au page avec sa bourgeoise le
fameux samedi soir après le Bazar et le bain de
fraîcheur il avait dû l'avoir dans l'os. Je ne sais
pas laquelle c'est mais c'est le même arrivage,
et quand elles me regardaient comme si elles me
déshabillaient je les regardais de même, et
c'était pas moi qui baissais les yeux la première.
René m'avait au moins rapporté ça, puisque
d'autre part il avait réussi à gâcher un gentil
souvenir en ne fermant pas sa gueule après.
Bah ! Les jours passent. La peau est neuve tous
les matins. Les garçons sont légers et lisses, et
Dieu merci avec eux pour parler c'est plutôt :

« Neuf heures ?

— Vu. »

C'est même comme ça, avec ce manque
parfois excessif de conversation, que je me
trouvai un soir la seule fille au rendez-vous,
contre quatre gars. Les autres filles avaient eu

des empêchements, paraît-il, chacune de son côté. On ne fait pas toujours ce qu'on veut quand on vit en famille.

Là non plus on ne parla guère, à vrai dire on ne se dit pas un mot, on partit tout de même. C'était une belle nuit, de juin. Chaude. Je ne la regretterai jamais.

Maintenant tout le monde me prêtait sa moto. Même seule, même pour la journée entière. Finalement j'y étais arrivée, et même mieux que je n'espérais.

VI

Sauf que Guido maintenant, est-ce que je le reconnaîtrais ? Il avait passé tellement d'eau sous le pont depuis. Tellement. Guido, Guido, j'appelais son nom pour voir si ça répondait. Je me souvenais de tout bien sûr, ses dents, sa main quand il me tenait; le bois : le scooter posé contre l'arbre; le scooter posé contre l'arbre ça m'avait marquée par exemple, un scooter posé contre un arbre et j'avais envie de me coucher, automatique. Un chimpanzé aurait pu m'avoir avec le coup du scooter contre l'arbre. Et quand il avait parlé en italien. Ah ça, ça m'était resté. Pas les mots bien sûr, je n'aurais pas pu en répéter un seul, sauf « morire », et justement ce n'était pas à ce moment-là, pas les mots mais le son, cette espèce de torrent qui coulait de sa bouche, de sa bouche et qui finalement disait mieux ce que ça voulait dire qu'une belle phrase en clair. Cette musique, ce qu'il disait lui Guido sans que j'y comprenne rien, c'était la vie tout entière, et ça ne se résume pas. Le reste, la sensation... j'entendais encore chanter les oiseaux, pendant. Des sensations j'en avais eu d'autres, le corps n'a pas beaucoup de mémoire en définitive. On change de peau.

J'étais sur la machine. Etre sur la machine, ça c'était quelque chose, là pas de doute, je fonçais je ralentissais je virais, j'étais seule j'étais libre, c'était un vrai plaisir; rien que pour être sur la machine ça valait la peine, même si je ne trouvais pas Guido.

Si je le trouvais je lui dirais Monte ! et c'est moi qui l'enlèverais. C'est ça le grand truc des motos au fond, comme les chevaliers et les cow-boys, une femme en croupe, ou bien jetée sur le garrot en travers; même une fille là-dessus, ça se sent un homme, alors un homme qu'est-ce que ça doit pas se sentir, même une lavette doit s'imaginer qu'il en a, ça expliquait beaucoup de choses. Qu'est-ce que je fonçais. J'aurais enlevé n'importe quoi, un champion de boxe.

On arrive à Sarcelles par un pont, et tout à coup, un peu d'en haut, on voit tout. Oh là ! Et je croyais que j'habitais dans des blocs ! Ça, oui, c'étaient des blocs ! Ça c'était de la Cité, de la vraie Cité de l'Avenir ! Sur des kilomètres et des kilomètres et des kilomètres, des maisons des maisons des maisons. Pareilles. Alignées. Blanches. Encore des maisons. Maisons maisons maisons maisons maisons maisons maisons, maisons maisons maisons. Maisons. Maisons. Et du ciel; une immensité. Du soleil. Du soleil plein les maisons, passant à travers, ressortant de l'autre côté. Des Espaces Verts énormes, propres, superbes, des tapis, avec sur chacun l'écriteau Respectez et Faites respecter les Pelouses et les Arbres, qui d'ailleurs ici avait l'air de faire plus d'effet que chez nous, les gens eux-mêmes étant sans doute en progrès comme l'architecture.

Les boutiques étaient toutes mises ensemble, au milieu de chaque rectangle de maisons, de façon que chaque bonne femme ait le même nombre de pas à faire pour aller prendre ses nouilles; il y avait même de la justice. Un peu à part étaient posés des beaux chalets entièrement vitrés, on voyait tout l'intérieur en passant. L'un était une bibliothèque, avec des tables et des chaises modernes de toute beauté; on s'asseyait là et tout le monde pouvait vous voir en train de lire; un autre en bois imitant la campagne était marqué : « Maison des Jeunes et de la Culture »; les Jeunes étaient dedans, garçons et filles, on pouvait les voir rire et s'amuser, au grand jour.

Ici, on ne pouvait pas faire le mal; un gosse qui aurait fait l'école buissonnière, on l'aurait repéré immédiatement, seul dehors de cet âge

à la mauvaise heure; un voleur se serait vu à
des kilomètres, avec son butin; un type sale, tout
le monde l'aurait envoyé se laver. Et pour
s'offrir une môme, je ne voyais pas d'autre
moyen que de passer avant à la mairie, qui,
j'espère pour eux, était prévue tout près aussi.
Ça c'est de l'architecture. Et ce que c'était
beau ! J'avais jamais vu autant de vitres. J'en
avais des éblouissements, et en plus le tournis,
à force de prendre la première à droite, la
première à gauche, la première à droite, la
première à gauche; j'étais dans la rue Paul-
Valéry, j'avais pris la rue Mallarmé, j'avais
tourné dans Victor-Hugo, enfilé Paul-Claudel,
et je me retombais dans Valéry et j'arrivais pas
à en sortir. Où étaient les baraques, où étaient
les ouvriers, où était Guido ? Même en supposant qu'il soit en ce moment en train de me
chercher de son côté Guido, on pouvait se
promener cent ans sans jamais se croiser,
à moins d'avoir pris une boussole et un
compas de marine. Mais ici ils n'avaient
que des jumelles, j'en vis deux, on voyait l'intérieur des maisons, qui s'observaient d'un bloc
à l'autre en train de s'observer à la jumelle.
Ça c'est une distraction, et puis ça fait penser.

Encore Verlaine, je l'avais déjà vu celui-là,
je me dis que je ferais mieux de foncer droit et
j'aboutis sur un grillage. La limite. Il y avait
une limite. Je refonçai dans l'autre sens, le

chemin devint bourbeux, sale, j'étais dans les
chantiers. On ajoutait des maisons, une ou
deux douzaines. Là on voyait la carcasse, les
grands piliers de béton. Ce qui serait bientôt
les belles constructions blanches. « C'est toi
Guido qui fais ces maisons, toi qui es né sur
les collines... » Il y eut une bouffée d'air par-
fumé, chaud. « Ragazza, ragazza. » Toi Guido,
Gouiido.

« Guido comment ?

— Je ne sais pas.

— Gouiido ! Gouiido !

— Eh petite, ragazza, qu'est-ce qu'il t'a fait
ce Guido-là que les autres ne peuvent pas faire ?

— Eh piccoline, tu ne veux pas que je sois
ton Guido ?

— Si tu attends la fin de journée, je m'ap-
pellerai Guido toute la nuit ! »

J'étais là en plein soleil devant tous ces
hommes, avec mon noir aux yeux, et j'en avais
mis justement un paquet, et ma jupe en Vichy
ma seule bien, et j'avais encore grandi depuis,
on me voyait les cuisses, le soleil me perçait,
la lumière m'arrosait à flots, les types riaient,
Italiens Arabes Espagnols, et le chef de chan-
tier, Français lui, me regardait d'un sale œil,
j'avais l'air de faire le tapin je faisais tache. Les
garçons joyeux riaient d'un rire sain derrière
leur vitrine là-bas avec les jeunes filles au visage
lisse; ils m'auraient envoyée me débarbouiller.

Il faisait trop clair, trop clair. J'étais nue comme un ver. Je cherchais de l'ombre, un coin, un coin noir, un coin où me cacher, j'avais la panique, une panique folle, je ne retrouvais plus le scooter, je ne savais plus où je l'avais laissé. Paul Valéry. Désordre et ténèbres. J'aurais voulu une cabane à outils, un débarras, un placard à balais, une niche à chien; une caverne. Désordre et ténèbres, désordre et ténèbres, désordre et ténèbres. Je retrouvai le scooter, près d'une pelouse. Respectez et Faites Respecter.

C'était beau. Vert, blanc. Ordonné. On sentait l'organisation. Ils avaient tout fait pour qu'on soit bien, ils s'étaient demandé : qu'est-ce qu'il faut mettre pour qu'ils soient bien ? et ils l'avaient mis. Ils avaient même mis de la diversité : quatre grandes tours, pour varier le paysage; ils avaient fait des petites collines, des accidents de terrain, pour que ce ne soit pas monotone; il n'y avait pas deux chalets pareils; ils avaient pensé à tout, pour ainsi dire on voyait leurs pensées, là, posées, avec la bonne volonté, le désir de bien faire, les efforts, le soin, l'application, l'intelligence, jusque dans les plus petits détails. Ils devaient être rudement fiers ceux qui avaient fait ça.

Le matin, tous les hommes sortaient des maisons et s'en allaient à Paris travailler; un peu plus tard c'étaient les enfants qui se transféraient dans l'école, les maisons se vidaient

comme des lapins; il ne restait dans la Cité que
les femmes les vieillards et les invalides, et alors,
toujours d'après Liliane, les ouvriers des chantiers montaient chez les femmes; si c'est vrai,
ça ne devait pas passer inaperçu, mais en tout
cas, qu'est-ce qu'elles feraient quand les ouvriers
ne seraient plus là ? Le soir, tous les maris revenaient, rentraient dans les maisons, trouvaient
les tables mises, propres, avec de belles assiettes,
l'appartement bien briqué, la douce chaleur, et
voilà une bonne soirée qui partait, mon Dieu,
mon Dieu, c'était la perfection, Dieu est un pur
esprit infiniment parfait je comprenais enfin.

Sur le pont en partant, je m'arrêtai encore, je
me retournai vers la Ville; il ne faut pas se
retourner quand on quitte une ville, on est
changé en statue de sel; ça doit être vrai, je ne
pouvais pas me décider, je ne me fatiguais pas
de regarder. Les fenêtres commençaient à s'éclai-
rer. Que ça pouvait être beau ! je ne me fatiguais pas. Sarcelles c'était Dieu, ici on pouvait
commencer à croire qu'il avait créé le monde,
car s'il faut un ouvrier pour construire une
maison, Amen.

En rentrant, notre Cité me parut pauvre, en
retard sur son temps; une vraie antiquité. On
était déjà hier nous autres, ça va vite, vite.
Même les blocs en face, les « grands », n'avaient
l'air de rien. Douze misérables baraques sur un
petit terrain. Je n'irais sûrement plus y pleurer.

Je me sentais à l'étroit, pour un peu j'aurais manqué d'air. Si on veut rester content il ne faut pas voir le monde.

Je rencontrai Ethel. J'essayai de lui expliquer. C'est comme Dieu. Voyons, pourquoi aller chercher Dieu, les hommes ça suffit pour construire. Oh! non c'est pire! Ethel riait. Je ne comprends pas ce qui te rend triste : si c'est beau comme tu dis. Oui c'est beau. Alors? Qu'est-ce que tu veux?

Désordre et ténèbres.

Tu veux que les gens soient sales? Tu veux qu'ils aient des poux? La tuberculose?

Je ne sais pas ce que je veux.

Si dans ce temps-là on avait regardé dans mon cœur on aurait trouvé un sentiment caché : pour Frédéric Lefranc. Il n'était pas comme les autres. Il était plus sérieux, plus réfléchi. Mais justement à cause de cela il ne se mêlait pas à nous. Il avait autre chose à faire dans la vie. C'était ce qui m'attirait, ce « autre chose » : quelle chance il avait ce Frédéric! et comment faisait-il? Mais en même temps que ça m'attirait ça le mettait à des kilomètres de moi, qui n'avais rien. Auprès de lui j'étais muette; ce que j'aurais pu dire, n'aurait été pour lui que des sottises. C'est avec Ethel que je parlais, c'était plus facile, on avait fait nos classes ensemble, même on s'était quel-

quefois trouvées en rivalité; dans ce temps-là
ça nous rendait ennemies; maintenant, ça nous
rapprochait. Je crois qu'Ethel regrettait pour
moi que je n'aie pas continué; c'était comme
quelqu'un qu'on est obligé de laisser sur la
route parce qu'il est trop faible, et on ne peut
rien pour lui; on se retourne, on a honte de sa
propre force. Ethel était la seule personne au
monde avec qui je pouvais parler d'analyse
grammaticale; elle aurait voulu m'aider, me
prêter des livres, mais ça aurait servi à quoi ?
De toute façon je n'y avais plus la tête, j'étais
hors de coup maintenant. Elle me dit que dans
un pays socialiste on m'aurait fait poursuivre
mes études, même si ma famille était encore
plus pauvre; dans un pays socialiste, chacun
faisait ce pour quoi il était fait; je lui dis qu'à
l'Orientation on avait cherché quoi me faire
faire, mais on n'avait rien trouvé; elle me dit
que c'est parce qu'on ne m'avait proposé que
des métiers en rapport avec la condition de mes
parents, qui exigeait que je gagne tout de suite
ma vie; dans un pays socialiste on n'aurait pas
tenu compte de ça, mais seulement de mes
goûts et de mes capacités. Je lui dis qu'alors
c'était comme sur Mars, et je partis à lui raconter que quand j'étais gosse j'avais inventé
une planète Mars où tout le monde se comprenait sans même parler rien qu'en se regardant, et
où les arbres ne perdaient jamais leurs feuilles, et

où... Elle me dit que c'était de l'Evasion, qu'il
ne fallait pas faire de l'Evasion, que ma planète
Mars c'était ici qu'il fallait la faire. Toujours
son petit côté sérieux vous tombait dessus au
moment où on commençait à folailler, pour la
rigolade elle n'était bonne à rien. Gentiment,
elle essayait d'expliquer. Mais moi je n'étais
pas aussi intelligente qu'elle, je n'étais pas allée
assez à l'école, ce n'était pas ma faute. Il venait
un moment où je lâchais. Et de toute façon,
chaque fois que je me mettais à penser à des
choses sérieuses ça me rendait triste. Comme
elle me demandait pour la vingtième fois :
« Mais au fond, qu'est-ce que tu veux ! » je me
mis à pleurer. Elle m'emmena dîner chez eux,
pour me remonter; je ne me le fis pas dire
deux fois, rien que l'idée de voir Frédéric et
j'étais redevenue gaie comme un pinson. Jeannot fit une crème. Ce qui me frappa chez les
Lefranc, c'est que les deux garçons, les plus
jeunes, Jean et Marc, s'occupaient de la cuisine,
ils firent la vaisselle, et ils avaient l'air de
trouver ça naturel par-dessus le marché. Je dis
que chez nous ça ne se passait pas comme ça,
on n'avait même pas idée de leur demander.
« Mais pourquoi ça ? Ils ont bien deux mains ? »
dit Mme Lefranc. Je me dis que je ferais bien
d'importer la méthode chez nous, s'il n'était pas
trop tard; je me souvenais d'une fois où la mère
avait essayé d'embaucher Patrick, exceptionnel-

lement, et avec des gants encore, aucune fille
n'était disponible, et comment il l'avait envoyé
chier dans des termes que j'oserais pas répéter,
et pour finir concluant : « Papa dit que c'est
pas mon travail » — qu'est-ce qui était son
travail on se le demande d'ailleurs. En tout cas
la mère fit preuve de faiblesse, et le père
confirma le principe.

« Dix mille logements, tous avec l'eau chaude
et une salle de bain ! c'est quelque chose ! »
disait Ethel.

Ils discutaient de Sarcelles, j'avais raconté
mon voyage.

« Oui, dit M. Lefranc.

— Oui, dit après lui Frédéric.

— Vous n'avez pas l'air enthousiastes. dit
Ethel.

— Si, dit le père.

— Si si, dit le fils. C'est très bien, quoi.

— Bien sûr que c'est très bien ! dit Ethel.
Il y a encore des gens qui sont entassés à six
dans une chambre d'hôtel avec un réchaud à
alcool pour faire la cuisine, j'en connais.

— Même toi tu as vécu comme ça, lui dit
son père. Tu ne peux pas te rappeler, tu avais
six mois quand on a bougé.

— Ce biberon, quelle histoire ! dit la mère.

— Moi je m'en souviens, dit Frédéric. Ça
donnait sur une cour dégueulasse, qui puait.

— Nous on a d'abord habité dans le XIIIᵉ,

dis-je. Il y avait des rats. Je me souviens que j'avais peur.

— Moi je suis née dans un sous-sol, dit Mme Lefranc, je crois bien que je n'ai pas vu le soleil avant l'âge de raison. Ma mère a eu quatorze enfants, il lui en reste quatre. Dans ce temps-là nourrir sa famille c'était un drôle de problème pour un homme, il fallait se battre... Je me souviens comme mon père était en fureur, dit-elle, avec un sourire. Et les grèves... le chômage... les bagarres...

— Eh bien ? dit Ethel. Les gens sont tout de même plus heureux maintenant, non ?

— Oui, dit Frédéric, ils sont plus heureux...

— Je demande un pouce, dit Jeannot : comment est ma crème ? Vous allez la bouffer sans vous en apercevoir. »

C'était vrai et ç'aurait été dommage. Sa crème était formidable.

« Surtout pour un garçon, dis-je.

— Maintenant vous pouvez continuer, dit Jeannot.

— Mais ? dit Ethel à son frère.

— Je n'ai pas dit mais.

— Tu ne l'as pas dit mais je l'ai entendu, dit Ethel.

— Bon, dit Frédéric. Mais.

— Les gens ne sont pas plus heureux ? insista sa sœur. Ethel ne lâchait jamais prise.

— Si, dit Frédéric, rogue.

— C'est passionnant votre discussion, dit Marc.

— Je comprends que c'est passionnant, dit le père. Vas-y.

— Vas-y frérot, dit Marc. Ksss.

— Si le bonheur consiste à accumuler des appareils ménagers et à se foutre pas mal du reste, ils sont heureux, oui ! éclata Frédéric. Et pendant ce temps-là les fabricants filent leur camelote à grands coups de publicité et de crédit, et tout va pour le mieux dans le meilleur des mondes...

— Capitalistes, dit le père.

— Le confort c'est pas le bonheur ! dit Frédéric, lancé.

— Qu'est-ce que c'est le bonheur ? dit Ethel.

— Je sais pas, grogna Frédéric.

— Mais dis-moi, qu'on arrive à se poser ce genre de question au lieu de comment bouffer, ça ne prouve pas qu'on a tout de même un peu avancé ? dit M. Lefranc.

— Peut-être, dit Frédéric. Peut-être bien, dans le fond.

— Pour découvrir que le confort ne fait pas le bonheur, il faut y avoir goûté, non ? C'est une question de temps... Quand tout le monde l'aura, on finira bien par se poser la question. Ce qu'il faut c'est regarder un peu loin. Moi je ne verrai sans doute pas ça, mais vous, vous le verrez.

— Au fond, le bonheur c'est vivre dans l'avenir... »

En disant ça il me fit un beau sourire. Et sans doute qu'il y vivait lui dans l'avenir, car si gentil qu'il fût il ne paraissait pas remarquer les yeux que je lui faisais, ni mon chemisier ouvert jusqu'à l'avant-dernier bouton, ce que les autres garçons voyaient en premier lieu, et même en général, voilà le revers de la médaille, ils ne voyaient que ça. Sans doute que quand tout le monde serait heureux sur la terre il commencerait à s'intéresser à ces choses-là; vivre dans l'avenir ça devait être de famille en tout cas, Ethel non plus n'allait pas avec les garçons.

« J'irai avec un garçon que j'aimerai pour de bon, disait-elle. Sinon, pourquoi ? »

Pourquoi. Voilà une question que je ne m'étais pas posée avant par exemple, pourquoi. J'avais d'abord commencé. Et, comme je dis à Ethel, je ne le regrettais pas, ça ne m'avait pas fait de mal, et c'était toujours ça de pris.

En tout cas je serais bien « allée » avec Frédéric. Mais il ne le demanda pas. Et il partit au Service. Et il fut tué.

*

L'été finissait. Il tombait des seaux. Plus de virées, plus d'étoiles. Et Joël partit à son tour. Je commençais à entendre parler d'armée

autour de moi, c'était signe que je vieillissais.
Patrick partirait peut-être avant l'âge, on l'avait
averti, s'il s'avérait irréductible il serait envoyé
comme volontaire. Il s'était fait piquer pour
la première fois : vol de voiture. C'était prévu
depuis longtemps, par tout le monde, on le lui
avait assez dit et répété dès son plus jeune âge,
qu'il finirait mal; d'autant qu'il n'était pas
tellement malin, il ne manquerait pas de se
faire pincer aussitôt qu'il bougerait. C'est ce
qui arriva. Ils le gardèrent le temps de lui donner une leçon, et nous le rendirent, le père
s'était laissé attendrir. Mais il était tenu à l'œil
et au moindre écart il n'y couperait pas, dit le
juge, qui était bien gentil et coulant à mon
avis, moi j'aurais été plus vache je l'aurais
envoyé casser des cailloux, ce qui en plus lui
aurait fait du muscle : car ce dur, manque de
chance, ne poussait pas, ni en hauteur ni en
largeur. Ça le rendait furieux et on ne faisait
rien pour l'apaiser ni les uns ni les autres,
Attends je lui disais quand il s'agissait d'attraper quelque chose sur une étagère, je vais
te le donner tu ne pourrais pas l'avoir; dans
ces cas-là j'étais toujours prête à lui rendre
service, ainsi que les jumeaux, qui le dépas-
saient de toute l'épaisseur de leurs cheveux
crêpés et d'une demi-largeur chacun, ce qui
les mettait à trois contre un, Patrick ne s'avisait
plus d'y toucher. Il devenait de plus en plus

évident qu'ils n'étaient pas « de notre sang »,
car alors que les vieux étaient plutôt fluets
eux c'étaient de vrais balèzes, ils devaient descendre de Gengis Khan. Pourtant ils étaient
toujours parmi nous, on ne parlait plus de
l'Affaire de Substitution : les vieux avaient
renoncé, ils s'étaient rendu compte qu'il n'y a
que les pistonnés qui parviennent à faire valoir
leurs droits, ceux qui sont placés pour faire
parler d'eux dans les journaux; eux ne connaissaient personne et ne savaient pas comment
s'y prendre; la vie n'est qu'injustices et faveurs,
c'est toujours les mêmes qui ont tout. Les jumeaux étaient donc là et ne se laissaient pas
monter sur les pieds, d'ailleurs on ne les voyait
qu'à peine, ils étaient en apprentissage et le
reste du temps menaient leur vie avec leurs
amis à eux; ils étaient pressés de travailler pour
de bon, et de se tailler, et ne s'en cachaient pas,
« les ingrats », disait la mère, en effet ils ne
seraient pas très rentables. La paix soit avec
eux. Rentable Patrick l'était encore moins, dès
qu'on essayait de le faire boulonner il fallait
rembourser les dégâts au lieu d'empocher la
paye. Comme disaient les vieux c'est vraiment
pur dévouement d'avoir des gosses pour ce que
ça rapporte quand c'est grand. Fallait prévenir
avant que c'était un placement à intérêts, ré-
pliquait Patrick, à juste titre; je serais pas
venu.

« Trop tard, dit Nicolas, maintenant t'es là et tu te fais chier, et tu vas te faire chier toute ta vie, surtout avec la bobine que t'as.

— Dis donc toi je t'ai demandé l'heure ? » Mais Patrick n'allait jamais plus loin que les paroles avec Nicolas, qui était bien plus méchant que lui.

« Louche pas dit Nicolas, t'es encore plus moche.

— Moi je louche ? »

Ça c'était le genre d'inventions de Nicolas ; une fois il avait réussi à faire croire au père qu'il boitait.

« C'est pas vrai, dit Patrick, qui s'était mis devant la glace.

— Mais puisque tu louches tu peux pas le voir quand tu te regardes eh grand con !

— Nicolas, je t'ai pas déjà dit de pas parler comme ça ? dit la mère.

— Si, tu me l'as déjà dit », répondit calmement Nicolas en continuant à dessiner. Il dessinait un tableau rouge intitulé en grosses lettres : « Le Roi la Reine et les Petits Princes Décapités par Moi. » Je pensais que peut-être il serait un grand artiste, mais il me dit qu'il serait un Grand Assassin.

« Tu verras, me disait-il. Attends seulement que je sois juste aussi grand que toi. Je ferai d'abord une chose, et ensuite je serai un Grand Assassin. »

Nicolas était pressé de grandir. Tous les matins il se mesurait et faisait une marque dans le mur. Il mangeait des quantités de soupe, parce qu'il avait entendu dire que ça fait grandir. Je n'ai jamais vu un gosse manger autant de soupe.

Il écrivit : Je tuerai mon père. Je tuerai ma mère. Je tuerai mon frère. Je ne tuerai pas ma sœur Jo je l'aimerai fort et je l'attacherai avec des cordes, elle ne sortira plus jamais. Je lui apporterai à manger des grands biftecks.

Moi aussi quand j'étais môme j'écrivais des trucs sur des bouts de papier. Plus maintenant. Je restais des heures devant la fenêtre en faisant semblant de coudre, à regarder tomber l'eau, et les gens entrer et sortir à la grille. Maintenant on voyait la grille, on avait changé de bloc; on avait obtenu un appartement plus grand, pour cause d'accroissement de famille : dix vivants sans compter Catherine, et un en germination, même deux si le médecin avait raison; on ne le croyait plus trop après l'autre fois mais ils le mirent sur la demande, autant en profiter. On avait quatre pièces. Je me mettais dans la chambre du devant et je faisais semblant de coudre, je regardais la pluie, et les gens. C'était des gens. De la pluie. J'étais vide. Les blocs en face ne me faisaient plus peur, les garçons ne me faisaient plus brûler, les choses se plaçaient à leur place je ne sais pas, ça ne m'entrait pas

dans le cœur comme avant, en me blessant et
me faisant mal. Mal, bon mal, reviens ! Ma tête
était comme un bloc de ciment. Comme on
dit : le temps est bouché, ça ne se lèvera pas
de la journée. Ça ne se lèvera pas. J'arrivais
dans une espèce de cul-de-sac de ma vie. Et du
reste en me retournant je voyais que c'était un
cul-de-sac de l'autre côté aussi. Où j'allais ?
« Où vas-tu ? — Nulle part. — D'où viens-tu ?
— De nulle part. » Jo ! Jo de Bagnolet ! Ma
voix dans un passage de grand vent m'appelait
dans le désert, je ne répondais pas. « Où est la
petite Jo ? » Je me voyais moi-même toute
petite, passant et repassant la grille, avec mon
filet, toute petite fille au milieu des grandes
maisons, et où j'allais comme ça si faraude ?
Nulle part. Quand on meurt on revoit toute sa
vie d'un coup, je mourrais, seule au milieu des
grandes maisons. Maisons maisons maisons maisons. Comment vivre dans un monde de maisons ? « C'est toi Guido qui fais ces maisons,
toi qui es né sur les collines ? » Les phrases
allaient et venaient, il y en avait qui sortaient
de derrière moi, je me retournais, personne.
Jo ! Je me retournais, et personne. « Si on a
une âme on devient fou, et c'est ce qui m'arrive. » C'est probablement ce qui m'arrivait je
devenais folle, mais non je devenais morte, c'est
ça devenir une grande personne cette fois j'y
étais je commençais à piger, arriver dans un

cul-de-sac et se prendre en gelée; un tablier à
repriser sur les genoux éternellement. L'homme
est composé d'un corps et d'une âme, le corps
est quadrillé dans les maisons, l'âme cavale sur
les collines, où ? Quelque part il y avait quelque chose que je n'aurais pas parce que je ne
savais pas ce que c'était. Il y avait une fois
quelque chose qui n'existait pas. La petite Jo
passait et repassait la grille, avec son filet, j'arrivais presque à la voir. Je regardais la grille
jusqu'à ce que mes yeux se brouillent. Il tombait des seaux. « Ça ne se lèvera pas. »

Je regardais regardais la grille. Je voyais arriver Guido, venant me chercher; on s'en ira;
où ? « un jour le monde serait tout comme ça,
Dieu veuille que je sois mort ce jour » ; il y
avait une fois quelque part qui n'était nulle
part, Guido venait me chercher pour m'emmener nulle part. Ou Frédéric. Mais Frédéric était
mort, on ne pouvait pas revenir là-dessus. « Il
faut vivre dans l'avenir. » Mais il n'y en a pas.

Les Lefranc ne pleuraient pas quand ils pensaient à Frédéric; ils étaient en colère. Ils
étaient fous de colère. Frédéric était mort pour
rien. Tué de face au combat, ou bien comme
un chien par derrière. En tout cas, pour rien.
Et cela les rendait fous de colère. J'aimais les
écouter. Marc, qui avait seize ans maintenant,
disait à son père : ça ne peut pas continuer, ça
ne continuera pas comme ça avec nous vous

verrez ! Oui disait son père sans se fâcher, je ne
peux rien dire contre ça; je ne peux rien vous
dire; c'est à vous. Si vous pouvez faire mieux...
Ethel ne m'avait jamais emballée avec ses
clairs dimanches, à tout prendre s'il faut faire
un dimanche alors autant me faire sauter par
n'importe qui n'importe où. A l'ombre. La
nuit. Dans le faisceau des phares, en plein, bra-
qués par un abruti tout d'un coup quand on
ne s'y attend pas, les cris des filles surprises, les
rires des types ces bêtes stupides, éteins imbécile ! La nuit qui mélange tout. Désordre et
ténèbres. Comment ça se fait, quand j'y repense,
que je vois, au-dessus de ma tête, toujours le
ciel et les arbres, et jamais la figure du garçon
qui pourtant devait bien se trouver là, entre le
ciel et moi ? est-ce qu'ils étaient transparents ?
peut-être, peut-être, en tout cas ses clairs dimanches Ethel pouvait toujours se les remballer
— Mais la colère, c'était autre chose, la colère
ça me parlait, ça me faisait bouger, c'était le
seul truc qui m'aurait fait sortir de ma gelée
et réchauffée, qui arrivait encore à me faire
mal; et ça venait de loin; de toujours; si c'était
la colère je pouvais en être. Je me baladais
avec Marc, je l'accompagnais, je l'aidais, je
l'écoutais fulminer, râler, et Nicolas qui sentait
la poudre nous filait le train, portant le pinceau
à colle comme si c'était une mitrailleuse, dans
les rues le soir aux Lilas. On allait tout casser.

En fait on ne cassa rien du tout sauf les pieds
des copains, une fois les élections finies avec un
résultat minable tout retomba comme un soufflé
refroidi, plus d'affiches ni d'écritures sur les
murs, Marc fut invité à la modération et affec-
té aux sonnettes et aux travaux d'aiguille comme il disait, il l'avait assez saumâtre, et de mon
côté j'avais maintenant les jumelles sur les bras,
le médecin avait eu raison cette fois, plus la
mère couchée avec une double phlébite et
défense de bouger; elle en avait pris un sérieux
coup, à tel point qu'ils se demandaient s'ils
finiraient la douzaine, ce qui, quand on est à
onze, est pourtant bien tentant. Pour la consoler le père lui fit cadeau du fameux mixeur,
enfin elle put réussir la première mayonnaise
de sa vie, et comble de luxe, au lit. Comme elle
se faisait suer, Chantal en rentrant de l'école
venait s'asseoir sur le plumard et lui faisait la
lecture de ses illustrés, dont elle s'était entichée
et ça lui fatiguait la vue de les lire elle-même,
aussi Chantal se dévouait, c'était son principal
travail et quand j'entrais dans la chambre avec
le plateau à dîner j'entendais « Mon amour ne
me quitte pas je ne peux pas vivre sans toi ! »
ou « Va-t'en femme perfide tu as gâché ma
vie ! » Le reste c'était pour moi, les basses
besognes, durant que ces dames se livraient
aux pures joies de l'esprit, que ces messieurs
venaient juste à temps pour flairer leur assiette,

pas contents si l'odeur n'était pas assez riche,
et que les petits, qui savaient d'où tombait la
bonne soupe, se reposaient sur moi avec une
touchante confiance impossible à décevoir.
Quand je voyais cette population je me disais
qu'il fallait vraiment être un pêcheur de lune
pour l'imaginer autrement que le cul sur une
chaise devant un plat rempli ou une image qui
bouge. Merde. Même Marc n'arrivait pas à
sortir du truc, noyé qu'il était dans les tâches
quotidiennes. La trappe s'était refermée. S'était-
elle jamais ouverte, ou si j'avais rêvé ? Quand
j'avais une seconde je regardais la grille en
essayant de me rappeler mes états bizarres
d'avant, et au lieu de ça je pensais rageusement
à foutre le camp, sans même me poser la question où, juste filer de cette baraque et ne plus
être la bonne de tout le monde, comme lisait
Chantal dans la chambre à côté, « Ma chérie,
je vous emmènerai loin de ce monde sordide
et nous irons tous deux vers le bonheur ! »,
c'était le fils du Grand Tanneur qui venait
épouser la fille du contremaître et l'emmenait,
renonçant à la succession paternelle, dans sa
petite Panhard sport. Je jetais un rapide coup
d'œil à la grille, et puis j'entendais crier les
jumelles, c'était l'heure du biberon, en route
pour le bain-marie; d'ailleurs elles étaient gen-
tilles, ce n'était pas leur faute à elles non plus.

Le père et moi on était allés, comme la mère

était au lit, les prendre à l'hôpital où on les avait gardées quelques jours pour des soins. En rentrant on passa par la loge des gardiens, c'était la coutume quand on rentrait un nouvel enfant, en somme un nouvel habitant.

C'étaient des vraies miniatures ces petites filles, j'en avais jamais vu de si petites, et je dois dire assez mignonnes. C'étaient des jumelles identiques, on nous avait expliqué, ce qui voulait dire qu'elles se ressembleraient toute leur vie comme des gouttes d'eau, et qu'elles auraient les mêmes maladies.

J'en avais une dans les bras, le père avait l'autre. Les gardiens, et les bonnes gens qui passaient prendre leur courrier, les trouvaient vraiment mignonnes, et tellement pareilles.

« Et laquelle est Caroline et laquelle Isabelle ? » demanda la femme du gardien.

Papa et moi on se regarda. On ne savait plus. On avait oublié, et comment savoir maintenant. On avait l'air fin, tout le monde se fendait la pipe. Le gardien nous offrit le Martini pour fêter ça; ils aimaient bien voir la Cité s'agrandir, tout ça c'était un peu à eux, leur petit troupeau.

Devant les boîtes à lettres il y avait un jeune homme blond, que je n'avais jamais vu; il était tourné vers moi, et me regardait, bouche bée, d'un air complètement ahuri. C'était Philippe. Mais je ne le savais pas.

PHILIPPE. Mon amour. C'est peu à peu qu'on se mit à s'aimer. Ou plutôt en réalité on s'était aimés du premier instant qu'on s'était vus, comme on s'en rendit compte après, on s'en souvenait parfaitement tous les deux, ce jour-là, devant les boîtes à lettres, lui l'air ahuri, moi avec les jumelles. Les gardiens. Le père. Le Martini. Et si le coup de foudre n'avait pas éclaté immédiatement, c'était à cause du plus bête des malentendus : me voyant avec des nouveau-nés, rentrant de l'hôpital, accompagnée d'un homme, Philippe n'avait pas supposé une seconde que les bébés n'étaient pas de moi. Je me souvenais de la façon dont il m'avait regardée, et qui tout de même m'avait paru bizarre; c'est qu'il pensait : une fille si jeune, avec un homme si vieux, et déjà des jumeaux! ça l'avait stupéfié. « Et t'étais belle ! dit-il. Tu peux pas savoir comme t'étais belle, avec ce bébé dans les bras, si petit, minuscule comme toi, qu'est-

ce que tu veux ça paraissait logique qu'à ton
âge tu aies des bébés en miniature ! » Il m'avait
même trouvé un air de jeune accouchée, heureuse et épanouie, et il avait été jusqu'à se dire,
Quel dommage que ce ne soit pas moi, à la
place de ce vieux ! Il avait été jaloux du père !
C'est pas croyable. Et moi qui ne savais rien
de tout ça ! Bref il avait nettement battu la
campagne, et dès le départ, non ce que ça peut
être bête la vie. Résultat, tout un hiver perdu,
où chaque fois qu'il me croisait il me faisait un
salut discret et respectueux Bonjour Madame,
et moi pendant ce temps-là je le trouvais timide
ce garçon je me disais ma parole il est dingue
celui-là, il doit être idiot, et je continuais à
mariner tristement sans me douter que le
bonheur était juste sous mon nez. Jusqu'au jour
où il poussa l'audace jusqu'à me demander, toujours respectueusement, comment allaient mes
bébés si charmants, Caroline et Isabelle, il avait
même retenu les noms. Caroline et Isabelle
allaient bien elles nous avaient rapporté le Prix
Cognac et Philippe alla encore mieux quand il
comprit que c'était mes sœurs, il n'arrivait pas
à y croire il me demandait si j'en étais bien
sûre il me le fit répéter quatre fois et alors là,
il ne perdit pas une seconde pour m'inviter à
aller au cinéma, et pour le soir même, et moi
je n'hésitai pas plus à laisser tomber toute la
bande, d'ailleurs je n'étais plus si emballée, on

se connaissait tous maintenant sur toutes les
coutures ça devenait une routine, et puis on
avait mal passé l'hiver, l'hiver les virées c'est
moins marrant, on n'a pas où aller, on ne peut
pas se foutre à poil, c'est mouillé par terre, on
a froid, et je dois dire que quand on arrivait
à dégotter une piaule pour se mettre, eh bien,
ce n'était pas la même chose, entre quatre murs,
on s'ennuyait. Il nous fallait la Nature, en
définitive.

Je me demande même si au fond ce n'était
pas la Nature qui faisait tout, c'est difficile à
dire, je ne peux pas aller jusqu'à prétendre
que je me faisais baiser par les étoiles mais il
y a de ça. Il y a de ça, et la preuve, que sans
étoiles, avec une ampoule électrique, ça perdait
la plus grande partie de son charme, ça prenait
même un côté moche, on buvait trop, et moi
quand je bois trop je sens moins, et le lendemain je suis de mauvais poil. Bref pour en
revenir à Philippe on alla au cinéma, et il me
prit la main.

En revenant, devant ma porte il me dit qu'il
m'aimait.

« Je t'aime », me dit-il.

Là-dessus il se taille. J'avais failli dire
« Quoi ? » parce qu'il avait parlé si bas que je
n'étais pas sûre d'avoir bien entendu, mais il
était déjà parti. Il habitait le bâtiment F, moi
le C. Pendant une heure il m'avait embrassée

devant ma porte, il me disait au revoir et pour
me dire au revoir il m'embrassait encore, il me
serrait contre lui à m'étouffer, j'attendais à tout
instant qu'il me dise « Viens », et au lieu de
ça il me disait « Je t'aime » et filait, me laissant
plantée sur le seuil comme un pain. Il n'était
vraiment pas comme les autres celui-là non
plus; d'une façon il rappelait Frédéric, au moins
par ses mœurs.

Avec les garçons, on ne s'embrassait presque
pas; juste au cinéma, et encore en se pelotant.
On n'aimait pas tellement. Et puis Philippe
avait de la barbe, il piquait sérieusement, j'avais
la figure tout en feu.

On avait rendez-vous le dimanche suivant;
décidément, je laissais tomber les copains.

Ce dimanche-là, il m'attendait devant la
grille avec une 2 CV. Il venait de l'acheter,
d'occasion et à crédit, et, à ce que j'ai compris,
exprès pour moi, pour me sortir. Ça avait l'air
de dire qu'il avait l'intention de me sortir un
certain nombre de fois, sinon il ne se serait pas
mis dans de tels frais.

Pourquoi, avec Philippe, rien que de marcher l'un près de l'autre, les doigts emmêlés,
c'était quelque chose de merveilleux ? Pourquoi
lui ? Et lui se demandait Pourquoi elle ? On
n'en revenait pas ni l'un ni l'autre, que ce soit
justement nous. Ce qui était extraordinaire,
c'est qu'on ait réussi à se rencontrer. Penser

qu'on habitait justement dans le même endroit,
quand des endroits il y en a tant. L'Amérique.
Même sans aller si loin il aurait pu être à
Sarcelles par exemple, alors là c'était foutu je
le voyais jamais, j'aurais ignoré même son
existence, et lui la mienne. Rien que l'idée
d'une pareille catastrophe nous épouvantait ré-
trospectivement : qu'on ait pu se louper, continuer à vivre chacun de son côté comme des
idiots, car c'était bien comme des idiots qu'on
avait vécu tous les deux jusqu'à maintenant
pas la peine de se le dissimuler, et d'ailleurs
on l'avait toujours senti dans le fond de nous-
mêmes, sans savoir que ce qui nous manquait
à chacun, c'était l'Autre. C'est pour ça que
j'étais si souvent triste, que je pleurais sans
raison, que je tournais en rond sans savoir
quoi faire de moi, regardant les maisons, me
demandant pourquoi ci pourquoi ça, le monde
et tout le tremblement, cherchant midi à quatorze heures et rêvassant dans le vide derrière une
fenêtre, c'est pour ça c'est pour ça, et c'est pour ça
aussi que j'allais avec des tas de garçons sans
être regardante sur lequel, puisqu'en tous cas ce
n'était pas le bon, rien que pour me passer le
temps en attendant le seul qui existait sur la
terre pour moi et qui maintenant chance extraordinaire était là, près de moi, les doigts
emmêlés aux miens, et la preuve que c'était
bien vrai c'est que pour lui, j'étais la seule qui

existait sur la terre, qu'il avait attendue en
faisant l'andouille d'une autre façon de son
côté et qui maintenant était là, les doigts emmêlés aux siens, ouf. Dans le fond la vie est
drôlement bien faite quand on y pense, tout
arrive qui doit arriver, il y a une logique. Dé-
sormais on savait pourquoi le soleil brillait,
c'était pour nous, et c'était pour nous aussi que
le printemps commençait, justement aujour-
d'hui, quand on faisait notre première promenade ensemble, la première sortie de notre
amour.

Il s'arrêtait et me disait : « Ecoute, un
oiseau ! » Le chant de l'oiseau s'élevait dans
l'air frais, dans le ciel lumineux. C'était notre
oiseau. C'était notre soleil. Notre aubépine en
fleur, et il y eut notre violette, notre pousse de
muguet, encore rien qu'une pointe verte à
peine visible mais on la vit, c'était la première;
la nôtre. La première du monde. A nous pour
toujours. Ah !

On marchait, dans la forêt encore presque
nue, on marchait la main dans la main avec
sous les pieds le tapis des feuilles anciennes. On
n'était pas pressés, on avait tout le temps. Tout
le temps. Le temps aussi était à nous puisqu'on
avait l'éternité devant nous. Tout nous appar-
tenait. C'est fou. Tous les trois pas on s'arrêtait
pour se regarder.

« Jo...

— Philippe... »

Nos regards, nos noms, ça aurait suffi à notre
bonheur, presque suffi, si on avait pu, si on
avait eu la force, j'aurais tant voulu que cela
suffise, qu'on reste toujours à jamais ainsi, les
yeux dans les yeux comme deux miroirs face
à face, c'était tellement plus beau si seulement
c'était possible, mais, le corps est exigeant, nous
voulions nous toucher, et quand nous nous
touchions nous voulions nous étreindre, on titubait, ivres d'amour, on allait en titubant vers
un bonheur fatal, qu'on n'avait pas la force de
refuser malgré la Perfection de ce que Nous
possédions déjà et qu'il eût été si doux de pro-
longer encore. Mais, impossible, on ne tenait
plus debout, nos jambes ne voulaient plus nous
porter, la terre nous accueillit comme un grand
lit de noces, il était temps, on n'en pouvait plus.

« Jo...

— Philippe... »

Rien que nos Noms, ça contenait Tout.

« Philippe.

— Jo.

— Ah ! »

Dès qu'il m'eut prise je fus heureuse. Depuis
le temps aussi, depuis qu'il m'avait plantée sur
mon seuil, en feu. Quatre jours. Une femme
ne peut pas attendre. J'étais follement heureuse.
C'était lui, c'était bien lui, tel que j'en avais
eu le pressentiment, il était fait pour moi, il

avait sa place marquée depuis toujours. Après il me dit :

« Bien sûr j'aurais aimé être le premier... »

Il me fit un petit sourire un peu triste, il jouait machinalement avec des feuilles de l'année dernière.

« Tu es si jeune... j'avais presque espéré. »

D'abord il me croit mère, ensuite il me veut vierge, il est merveilleux mon Philippe. Je lui caressai la joue, il s'était détourné un peu fâché.

« Je t'aime. »

Il jeta ses feuilles à tous les vents.

« Tant pis ! J'aurais dû venir encore plus tôt c'est ma faute. »

Maintenant je comprenais Ethel. Dans le fond elle avait raison. Il faut se garder pour le garçon qu'on aime pour de bon comme ça y a pas d'histoires.

« Philippe...

— Jo ! » Il me serra passionnément. « Ça ne fait rien dit-il, maintenant je t'ai, oublions le passé, c'est aujourd'hui que la vie commence. Je vais les effacer », murmura-t-il dans un souffle, en revenant.

Tout l'après-midi on resta là. On ne se fatiguait pas. On voulait toujours. On croyait qu'on ne pouvait plus, et puis on voulait encore. On s'était enroulés dans la couverture qu'il avait prise dans la voiture à tout hasard je suppose. On se voyait. Il était beau, chaque

muscle de son corps était beau, j'avais envie de
tout embrasser. Lui aussi. Le froid nous chassa.
Le soleil descendait. Notre soleil nous quittait,
même l'amour ne pouvait empêcher le soleil de
se coucher. Ma peau était ravagée par ses bai-
sers et ses morsures, je gardais sa trace et ça
me faisait chaud.

On titubait encore mais cette fois c'était de
fatigue, on était comme soûls. Quand on aime
on est toujours soûls, ou bien c'est de manque
ou bien c'est de trop. Alors on s'aperçut qu'on
crevait de faim : on avait oublié de bouffer. On
n'en revenait pas : fallait-il qu'on s'aime ! Mais
alors maintenant qu'est-ce qu'on la sautait !
L'amour ça donne faim; ça enlève la faim, ça
donne faim, l'amour ça fait tout, l'amour c'est
la vie au grand complet. « Qu'est-ce que tu
voudrais faire dans la vie ? » — Aimer. Aimer,
voilà, voilà ce que j'aurais dû répondre, à
l'Orientation. Qu'est-ce que je voulais faire
dans la vie ? Aimer. Dans le fond c'est tout
simple.

Avant de remonter dans la voiture il m'attira
à lui, et prit tendrement mon visage entre ses
deux mains. « Je les ai effacés ? » me dit-il.

Je faillis demander qui. Dieu sait si c'était
loin de mes pensées ! Dans mes pensées il n'y
avait plus que Philippe. Philippe Philippe.

« Philippe...

— Jo... »

Il m'embrassa.

« Alors je les ai effacés ?

— Tu parles... d'abord ils ne tenaient pas tellement...

— Jo...

— Et puis d'ailleurs j'ai pas de mémoire.

— Mais de moi, tu en auras ? dis ? tu ne vas pas m'oublier moi ?

— Toi c'est pas pareil. Toi c'est toi.

— Jo.

— Philippe.

— Et puis je ne te laisserai pas le temps, de m'oublier ! Je ne te lâche plus. Tu sais, me dit-il avec une infinie tendresse, que je ne te lâche plus ? C'est pour de bon tu sais.

— Philippe.

— Jo.

— Philippe.

— Ma chérie. Tu es à moi ?

— Oui.

— Pour toujours ?

— Philippe mon amour.

— Jo ma chérie. Comme on va être heureux ! »

« Heureux ? »

« Et comment qu'on va être heureux. Tu as du mal à y croire hein ma pauvre chérie ? Tu n'as pas eu une bien bonne vie, hein ? mon pauvre petit amour. Mais c'est fini maintenant c'est fini je suis là, ne sois pas triste, je suis là tu verras, je suis là maintenant. Rien ne t'arrivera plus. »

Il avait vingt-deux ans. Il était monteur de télévisions. Il venait d'entrer dans une grosse boîte, d'avenir. Il gagnerait bien sa vie. Ils étaient cinq enfants, l'aînée des filles était mariée, la cadette travaillait, dactylo, les deux derniers seraient bientôt débrouillés, la mère était morte. Il n'aurait pas beaucoup de charges. Il habitait encore chez eux mais il avait fait une demande de logement et déjà constitué un dossier. Il avait fini son Service, il était revenu l'automne dernier, c'est pourquoi je ne l'avais pas vu avant. Il n'en parlait jamais de là-bas. Il ne voulait pas en parler Il ne voulait plus plus y penser jamais. Ni à ça ni au reste, toutes les salades il en avait marre, il ne voulait pas s'en mêler. De rien de tout ça. Seulement à être heureux et c'est tout, la seule chose qu'on a à faire dans la vie c'est d'être heureux, il n'y a rien d'autre rien, et pour être heureux il faut s'aimer, être deux qui vivent l'un pour l'autre sans s'occuper du reste, se faire un nid où cacher leur bonheur et le préserver contre toute atteinte.

Quand je lui dis que j'étais enceinte, et ça n'aurait pas dû être une surprise c'était fatal que ça arrive avec nos méthodes on ne pouvait jamais se quitter et même on remettait ça dans l'ardeur du moment il n'y a rien de plus dangereux cette pauvre Liliane me l'avait bien dit, ça ne lui avait d'ailleurs pas réussi toute sa connaissance elle était morte et d'une sale façon la pauvre fille, ça m'avait foutu la trouille, mais quand je le dis à Philippe, il me souleva de terre et me fit tourner en l'air comme un fou. D'un côté j'aimais mieux ça.

« Depuis le jour où je t'ai vue avec un bébé dans les bras j'en ai envie criait-il. Tu peux pas savoir ! J'ai envie de te faire un enfant depuis ce jour-là ! »

Il me dit que chaque fois qu'il m'avait fait l'amour il y avait pensé, il se répétait Je lui fais un enfant, je suis en train de lui faire un enfant, et ça le rendait fou de joie, de bonheur, de plaisir. Ça le faisait jouir de me faire un enfant. Eh bien, il était fait, il n'avait pas joui pour rien.

Il n'attendait que ça dit-il, pour qu'on se marie, pour de bon. Et vite maintenant. Ce n'était pas pour le principe il s'en fichait il avait les idées larges, mais il voulait que je sois encore toute fine quand je sortirais de la Mairie, avec lui à mon bras ; toute belle, dans une belle robe qu'il allait m'acheter, pas blanche bien sûr ça n'avait pas d'importance ces mômeries, mais une belle robe, ce que je n'avais jamais eu. Il voulait une belle image de ce jour-là, pour la garder dans son cœur.

On achèterait un berceau. Il les regardait déjà dans les vitrines. Il ne voulait pas d'un vilain lit, soi-disant qui sert pour plus tard, tant pis pour la dépense, il voulait un berceau un vrai, avec le truc en mousseline qui pend autour. Bleu. Non, rose, parce qu'il préférait une petite fille. En effet, c'est plus pratique.

En tout cas pour la prime on serait dans les délais.

Toute l'affaire c'était de se loger, et à toute pompe maintenant; il faudrait activer la demande, on pourrait chercher aussi par nos propres moyens, sa boîte lui consentirait sûrement un prêt, avec des délais pour rembourser, et de toute façon on avait le Crédit; il y avait des coins où on commençait à trouver à présent. Je lui indiquai Sarcelles.

1960.

ŒUVRES DE CHRISTIANE ROCHEFORT

Aux Éditions Bernard Grasset :

LE REPOS DU GUERRIER.
LES STANCES À SOPHIE.
LES PETITS ENFANTS DU SIÈCLE.
PRINTEMPS AU PARKING.
UNE ROSE POUR MORRISON.
C'EST BIZARRE L'ÉCRITURE.
ARCHAOS OU LE JARDIN ÉTINCELANT.
ENCORE HEUREUX QU'ON VA VERS L'ÉTÉ.
QUAND TU VAS CHEZ LES FEMMES.

IMPRIMÉ EN FRANCE PAR BRODARD ET TAUPIN
Usine de La Flèche (Sarthe).
LIBRAIRIE GÉNÉRALE FRANÇAISE - 6, rue Pierre-Sarrazin - 75006 Paris.
ISBN : 2 - 253 - 00294 - 1   30/2637/4